Dix âmes, pas plus

DU MÊME AUTEUR

Trilogie « La Dame de Reykjavík »
(avec Hulda Hermannsdóttir)

La Dame de Reykjavík
Éditions de La Martinière, 2019
Points, 2020

L'Île au secret
Éditions de La Martinière, 2020
Points, 2021

La Dernière Tempête
Éditions de La Martinière, 2021
Points, 2022

Série des « Enquêtes de Siglufjördur »
(avec Ari Thór Arason)

Dans l'ordre original de parution en Islande :

Snjór
Éditions de La Martinière, 2016
Points, 2017

Nátt
Éditions de La Martinière, 2018
Points, 2019

Sótt
Éditions de La Martinière, 2018
Points, 2019

Vík
Éditions de La Martinière, 2019
Points, 2020

Mörk
Éditions de La Martinière, 2017
Points, 2018

Sigló
Éditions de La Martinière, 2020
Points, 2021

RAGNAR
JÓNASSON

Dix âmes, pas plus

Traduit de l'islandais par Jean-Christophe Salaün

Éditions
de La Martinière

Titre original : *Þorpið*

Publié avec l'aimable autorisation
de la Copenhagen Literary Agency A/S, Copenhague
Ce livre a été publié grâce au soutien financier
du Icelandic Literature Center.

ISBN : 978-2-7324-9407-4

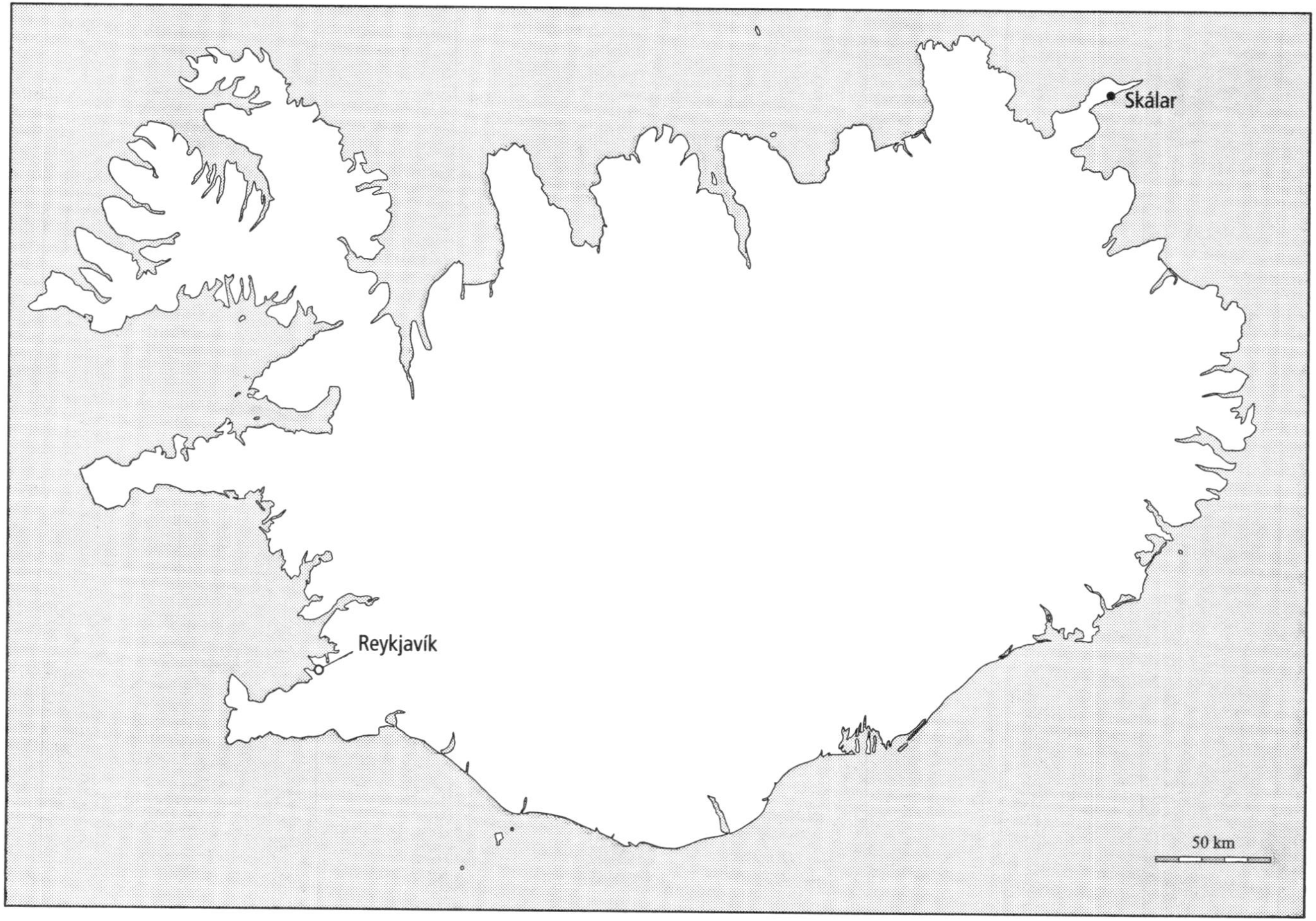
Skálar
Reykjavík
50 km

À papa

Douce nuit petite Thrá,
Que tes rêves soient beaux.
Par-delà la mer si bleue
T'éclairent mille flambeaux.

Thorsteinn Th. Thorsteinsson (1879-1955)

Avant-propos

Cette histoire se déroule au milieu des années quatre-vingt dans le village de Skálar, situé à l'extrême nord-est de l'Islande. En vérité, il est abandonné depuis les années soixante, mais j'ai emprunté le décor de ce roman à la réalité. Si les maisons et les personnages décrits ici sont le fruit de mon imagination et ne font aucunement référence aux véritables habitants de Skálar, j'ai néanmoins voulu m'assurer que les faits historiques locaux évoqués soient le plus juste possible, notamment grâce à l'ouvrage *L'Histoire des habitants de Langanes* de Fridrik G. Olgeirsson. Je me réfère aussi à divers contes folkloriques collectés par Sigfús Sigfússon dans ses *Contes et récits islandais*. Au cas où des erreurs se seraient glissées dans ce roman, j'en assume évidemment l'entière responsabilité.

Je tiens à remercier Haukur Eggertsson pour m'avoir guidé à travers la péninsule de Langanes et Skálar durant l'écriture de ce livre. Pour la relecture du manuscrit, je remercie également mon père, Jónas Ragnarsson, la procureure Hulda María Stefánsdóttir ainsi que Helgi Már Árnason, dont la famille est originaire de ce village. Enfin, un grand merci à Helgi

Ellert Jóhannsson, médecin à Londres, pour ses conseils avisés.

Dans la première partie du livre, je cite le poème *Heims um ból*[1] de Sveinbjörn Egilsson, et dans la deuxième partie, *Svefnljóð*[2] de David Stefánsson.

On trouvera également dans le texte une berceuse écrite par Thorsteinn Th. Thorsteinsson et publiée dans la revue *Heimskringla* de Winnipeg en 1910. Thorsteinn est né dans la vallée de Svarfadardalur en 1879 et mort au Canada en 1955.

Ragnar Jónasson

1. « De par le monde », poème mis en musique sur la mélodie de « Douce nuit, sainte nuit ». *(Toutes les notes sont du traducteur.)*

2. « Berceuse ».

Una se réveilla en sursaut.

Elle ouvrit les yeux. Plongée dans l'obscurité, elle ne voyait rien. Incapable de se rappeler où elle se trouvait, elle avait la sensation d'être perdue, allongée sur un lit inconnu. Son corps se raidit dans un soudain accès de panique. Elle frissonna, puis comprit qu'elle avait jeté sa couette par terre dans son sommeil. Il faisait un froid glacial dans la chambre. Elle se redressa doucement. Prise d'un léger vertige, elle se ressaisit rapidement et se souvint tout à coup d'où elle était.

Le village de Skálar, sur la péninsule de Langanes. Seule, abandonnée dans son petit appartement sous les combles.

Et elle savait ce qui l'avait réveillée. Enfin, elle croyait savoir… Avec ses sens encore engourdis, difficile de distinguer le rêve de la réalité. Elle avait entendu du bruit, un étrange son. Tandis que sa conscience s'éclaircissait, la peau de ses bras se couvrit de chair de poule.

Une fillette, oui, c'était ça, à présent cela lui revenait très nettement : une petite fille qui chantait une berceuse.

N'y tenant plus, elle s'extirpa du lit, tâtonna dans les ténèbres à la recherche de l'interrupteur du plafonnier.

Complètement aveugle, elle pesta de ne pas avoir de lampe de chevet. Pourtant, elle hésitait encore à allumer ; l'obscurité avait quelque chose de sécurisant.

La voix de la petite fille résonna de nouveau dans sa tête, fredonnant cette berceuse qui ne lui laissait qu'un souvenir flou. Il devait s'agir d'un rêve, bien sûr, mais cela lui avait semblé si réel.

Un grand fracas déchira le silence. Retenant un cri, elle perdit l'équilibre. Bon sang, que se passait-il ? Envahie d'une vive douleur, elle comprit qu'elle avait marché sur le verre de vin rouge abandonné par terre la veille au soir. Elle passa la main sous son pied ; un tesson s'était fiché dans sa peau, et un filet de sang chaud s'échappait de la plaie. Elle tira prudemment sur le bout de verre en serrant les dents.

Avec la plus grande difficulté, elle se releva, tendit la main vers l'interrupteur et alluma. Elle jeta un rapide coup d'œil autour d'elle, comme si elle s'attendait à voir quelqu'un, tout en s'efforçant de se convaincre que tout cela était le fruit de son imagination, qu'elle n'avait pas vraiment entendu de voix, qu'elle avait rêvé cette berceuse.

Elle rejoignit son lit d'un pas chancelant, s'assit, leva la jambe et observa sa blessure. Dieu merci, elle n'était pas aussi profonde que ce qu'elle avait cru.

Elle était seule dans sa chambre. Son cœur retrouva peu à peu un rythme normal.

La berceuse lui revint d'un coup :

Douce nuit petite Thrá,
Que tes rêves soient beaux.

Le frisson d'horreur qui la saisit alors était bel et bien réel.

I

Quelques mois plus tôt

Recherche enseignant au bout du monde.

Una relut l'annonce pour le moins singulière, assise à la table de la cuisine dans son petit appartement en sous-sol niché au cœur du quartier ouest de Reykjavík. Elle l'avait acheté quatre ans plus tôt, après avoir réuni avec difficulté de quoi constituer un apport. Sa famille – ou, plus précisément, sa mère – ne bénéficiant que de modestes ressources, elle n'avait pu compter que sur elle-même, comme d'habitude.

Toujours aussi vétuste que lors de son emménagement, la cuisine arborait un sol en linoléum jaune et des carreaux colorés sur les murs, tandis que le mobilier rouge vif et l'antique cuisinière blanche Rafha accusaient vingt ans de retard. En voyant cette pièce, difficile de croire qu'on était en 1985.

Heureusement, le café avait bon goût, rehaussé d'un trait de lait. Una avait commencé à en consommer lors de ses études, et depuis elle ne pouvait plus s'en passer.

Sa meilleure amie, Sara, était assise en face d'elle.

– Je ne sais pas, Sara, dit-elle avec un sourire forcé.

Manifester un quelconque signe de joie était devenu

de plus en plus compliqué ces derniers temps. Son salaire de remplaçante dans une petite école de Kópavogur lui suffisait à peine, et la précarité de son poste l'angoissait constamment. Économisant chaque centime, elle ne pouvait s'autoriser le moindre plaisir. Elle mangeait du poisson, moins coûteux que la viande, au moins trois fois par semaine, et choisissait toujours celui qui était en promotion. À chaque fin de mois, elle regrettait de ne pas avoir terminé ses études de médecine, même si elle n'en aurait pas été plus heureuse. Elle avait supporté trois ans de dur labeur avant de se rendre compte qu'elle ne s'était inscrite que pour faire plaisir à son père, et qu'elle avait cherché à réaliser son rêve à lui plutôt que le sien. Jamais elle n'aurait pu travailler comme médecin, cela ne lui correspondait tout simplement pas. Durant ces trois années, elle avait validé chaque examen, obtenu d'excellents résultats. Mais là n'était pas l'essentiel. L'étincelle lui manquait.

– Je t'en prie, Una ! Tu te plains toujours de tes difficultés. Tu adores enseigner, et en plus tu es une vraie aventurière ! s'exclama Sara, de ce ton empreint d'optimisme qui la caractérisait.

Venue prendre le café ce samedi matin avec le journal sous le bras, elle avait montré l'annonce à Una, qui n'était pas abonnée – elle ne pouvait pas se le permettre. Le soir même, elles comptaient se retrouver chez Sara pour regarder en direct à la télévision un concert en soutien aux enfants africains victimes de la famine. Le programme, diffusé internationalement, était un véritable événement sur la chaîne publique, et Una, passionnée de musique, de danse et de fête, n'attendait que cela.

– C'est tellement loin, littéralement à l'autre bout du pays. On ne peut pas faire plus éloigné de Reykjavík !

Elle baissa de nouveau les yeux sur l'annonce.

– Skálar…, lut-elle. Je n'en ai jamais entendu parler.

– C'est minuscule. Ils disent qu'ils ont besoin d'un professeur pour un petit groupe d'élèves. Ils te logent même gratuitement ! Imagine tout l'argent que tu pourras mettre de côté ! J'ai vu un reportage sur ce hameau à la télé l'hiver dernier, je m'en souviens bien, il disait qu'on comptait dix habitants au dernier recensement, ce qui semblait beaucoup l'amuser.

– Quoi, dix habitants ? Tu plaisantes ?

– Non, c'était même pour ça que le journaliste y était allé. Je crois que c'est le plus petit village d'Islande. Tu n'auras sans doute qu'un élève ou deux.

Au début, Una avait considéré cette proposition comme une blague, mais peut-être n'était-ce pas une si mauvaise idée ? Peut-être était-ce là l'occasion tant rêvée ? Elle n'avait jamais projeté de vivre à la campagne, ayant grandi dans un quartier résidentiel de la capitale où son père, médecin, avait construit presque entièrement de ses mains un petit pavillon individuel. Elle y avait vécu une enfance assez heureuse. Elle se revoyait jouant avec ses amies dans les rues gravillonnées de ce quartier encore en plein développement. Jusqu'au drame.

D'une certaine manière, cela avait été comme grandir dans un petit village, même s'il ne comptait pas dix habitants. Les souvenirs qu'elle gardait de ce lieu demeuraient vifs et lumineux.

Sa mère et elle avaient fini par partir. Quelqu'un d'autre avait pris leur place dans cette maison, et peu importe de qui il s'agissait, Una n'y remettrait jamais les pieds. Mais ce hameau, Skálar, touchait une corde sensible en elle. Elle avait besoin de changer d'environnement.

– Ça ne coûte rien de postuler, finit-elle par dire, presque malgré elle.

Elle s'y voyait déjà : repartir à zéro au cœur de la nature, savourer cette proximité avec l'océan. Elle songea alors qu'elle ne savait même pas si le village se trouvait en bord de mer – mais c'était fort probable, sur une île où seules les côtes étaient habitables.

– Si c'est sur la péninsule de Langanes, ça doit être au bord de la mer, non ?

– Bien sûr, répondit Sara. D'ailleurs, l'essentiel de l'activité est un petit port de pêche. C'est plutôt charmant, non ? Vivre à la marge, mais en même temps pas tout à fait seul.

Un village de dix personnes qui se connaissaient toutes. Ne serait-elle pas une intruse ? Peut-être était-ce justement ce dont elle avait besoin, l'isolement sans la solitude. Échapper au tumulte de la ville, à cette routine où son salaire servait surtout à rembourser son emprunt ; pas vraiment de vie sociale, pas d'amoureux, la seule amie avec laquelle elle gardait contact était Sara.

– Oh, je ne sais pas. On ne se verra jamais, au mieux très rarement.

– Ne dis pas de bêtises. On se rendra visite régulièrement, répliqua Sara avec douceur. En fait, j'hésitais à te montrer cette annonce à cause de ça. Je ne veux pas te perdre. Mais je pense vraiment que ce serait parfait pour toi, pendant un an ou deux.

Recherche enseignant au bout du monde. L'honnêteté du titre charmait Una. Au moins, on ne cherchait pas à dissimuler le défi que représentait ce poste. Elle se demanda combien de personnes allaient répondre à l'annonce. Peut-être serait-elle la seule, si toutefois elle se décidait ? Il fallait bien avouer que rien ne la retenait en ville. Certes, il y avait Sara, mais elles n'étaient pas aussi proches qu'elles le prétendaient. Son amie avait commencé à se construire une famille, avec son mari et son enfant, et le temps qu'elle consacrait à cette vieille amitié ne faisait que diminuer. Elles s'étaient connues au lycée, et peu à peu la vie les avait éloignées. Una s'était dit que le temps d'une soirée, tout serait comme avant : elles regarderaient le concert à la télévision en buvant de délicieux cocktails, elles feraient la fête jusqu'au bout de la nuit. Mais en réalité, peut-être que Sara cherchait à se débarrasser d'elle en lui montrant cette annonce. Peut-être qu'au fond, elle était lasse de cette relation. Alors passer un an à Langanes sans revoir Sara, était-ce vraiment inenvisageable ?

Le pire était sans doute de devoir abandonner sa mère. Cependant, à cinquante-sept ans, celle-ci avait une santé de fer et avait refait sa vie depuis longtemps. Elle n'avait pas besoin que sa fille soit présente au quotidien. Una ne s'était jamais vraiment entendue avec son beau-père, mais toutes deux restaient très proches, elles avaient traversé tant d'épreuves ensemble.

– Je vais y réfléchir, conclut-elle. Je peux garder le journal ?

– Bien sûr, fit Sara en se levant après avoir terminé sa tasse. Je dois filer, mais on se voit ce soir. Ça va être sympa, une soirée entre filles !

Una eut soudain la sensation d'être seule au

monde. Déménager, faire de nouvelles rencontres aurait sans doute un effet bénéfique sur elle. Sortir des sentiers battus, suivre son instinct et vivre une aventure excitante.

– Tu me promets de ne pas passer à côté de cette occasion ? insista Sara. Je suis certaine que tu y trouveras ton compte.

– Promis, répondit Una avec un sourire.

C'était une journée d'août étonnamment belle. La température était plutôt clémente, pas de vent, et le soleil faisait même une timide apparition de temps à autre.

Généralement, Una n'aimait pas ce mois-là, lorsque la nuit recommençait à tomber après la clarté perpétuelle des mois précédents, mais cette fois la situation était différente. Se tenant sur les marches de l'immeuble où sa mère vivait avec son mari à Kópavogur, elle songea qu'elle n'aurait jamais pu habiter dans un endroit pareil, aussi froid que mal entretenu. Elle préférait son petit appartement du quartier ouest de Reykjavík, même s'il était en sous-sol. Elle le louait désormais à un jeune couple avec un bébé.

Sa mère l'avait raccompagnée dehors après leur café. Le moment était venu de se dire au revoir.

– Nous viendrons te rendre visite, ma chérie, ne t'inquiète pas. Et puis, ce n'est que pour un an, non ?

– Une année scolaire, oui, répondit-elle. Vous serez toujours les bienvenus.

Façon de parler : sa mère serait la bienvenue, mais quelque chose chez son second mari – entré dans leurs vies plusieurs années auparavant – avait toujours dérangé Una.

– Tu vas t'arrêter quelque part en route ? demanda sa mère. C'est affreusement loin. Il faut que tu fasses une pause, c'est dangereux de conduire quand on est fatigué.

– Je sais, maman, soupira Una.

La sollicitude de sa mère était parfois un peu écrasante. Elle avait juste besoin de respirer, de prendre son envol. Quelle meilleure solution que de devenir enseignante dans un village si petit qu'il méritait à peine ce qualificatif ? Dix âmes, pas plus. Comment une société de cette taille pouvait-elle fonctionner ?

Ce serait une expérience enrichissante, revigorante autant pour son esprit que pour son corps. Una n'avait pas eu de difficulté à obtenir le poste. Elle avait appelé le numéro inscrit sur l'annonce quelques jours après la visite de Sara. Une femme d'un âge indéterminé, entre trente et quarante ans à en juger par sa voix, lui avait répondu et expliqué qu'elle siégeait au sein de la commission scolaire de la municipalité à laquelle le hameau appartenait.

– Ça me fait plaisir d'entendre que quelqu'un est intéressé. Pour tout vous dire, personne d'autre n'a postulé.

Una lui avait retracé en détail son parcours universitaire et son expérience professionnelle.

– Mais pourquoi voulez-vous venir vivre ici ? lui avait alors demandé la femme.

Una était d'abord restée silencieuse. Les prétextes ne manquaient pas : échapper à l'existence monotone qu'elle menait en ville, échapper à Sara, ou pour être plus exacte laisser Sara en paix quelque temps, se séparer un peu de sa mère – et surtout de son beau-père –, enfin changer d'environnement. Mais la véritable raison n'était pas aussi claire.

– J'ai juste envie de connaître la vie autrement qu'à la ville, avait-elle finalement répondu à son interlocutrice.

Elle n'avait pas immédiatement obtenu le poste, mais de toute évidence, ses chances étaient bonnes. Avant de raccrocher, elle avait demandé :

– Combien d'élèves aurai-je ?

– Deux, seulement. Deux fillettes de sept et neuf ans.

– C'est tout ? Vous avez vraiment besoin d'un professeur ?

– Oui, on ne peut pas faire des allers-retours quotidiens vers une autre école, surtout en hiver. Mais ce sont deux petites filles adorables.

Ainsi son voyage allait-il démarrer, à Kópavogur, au petit matin. Une année scolaire à la campagne, sur la péninsule de Langanes, parmi des inconnus, avec une classe composée de deux élèves. C'était risible, un travail presque trop facile pour accepter un salaire complet. Mais en fait, elle avait hâte.

La femme avec qui elle s'était entretenue au téléphone, Salka, lui avait semblé sympathique.

Peut-être que ce petit village l'accueillerait à bras ouverts.

Peut-être tomberait-elle amoureuse de la nature environnante et de ses habitants, au point de s'y installer de manière permanente...

Una revint à elle tandis que sa mère lui donnait un petit coup de coude et lui reposait la même question, à laquelle elle avait pourtant déjà répondu :

– Ce n'est que pour un an, n'est-ce pas ?

– Oui, maman. Je n'ai aucune envie de vivre aussi loin de Reykjavík à long terme.

– Eh bien. J'ai la sensation que mon oisillon prend enfin son envol.

– Voyons, maman, ça fait longtemps que j'ai quitté la maison.

– Mais tu n'as jamais été bien loin, ma chérie, nous avons toujours été là l'une pour l'autre… J'espère que ce ne sera pas trop dur pour toi là-bas, toute seule, sans pouvoir venir me voir et parler de… parler du passé.

Sa mère sourit. Una soupçonnait qu'elle décrivait sa propre peur, que cette séparation serait plus difficile qu'elle ne l'avait prévu.

Elle la serra fort contre elle, et toutes deux se regardèrent un instant en silence.

Il n'y avait plus rien à dire.

Jamais il ne se serait cru capable de tuer un homme.

Jamais il ne l'avait envisagé, en dépit de ce qu'on disait de lui. Il nourrissait d'ailleurs sciemment cette mauvaise réputation, pour conserver une certaine aura, susciter un respect mêlé de crainte. On le pensait sans doute capable du pire, peut-être le soupçonnait-on même d'avoir déjà commis un meurtre. Et oui, plus d'une fois dans sa vie il avait dû recourir à la violence. Il savait se battre, même s'il n'en avait pas forcément l'air.

Mais aujourd'hui, il avait tué.

Un effet singulier ; un afflux d'adrénaline avait traversé son corps, comme si plus rien ne lui était impossible. Il avait ôté la vie, regardé un être humain pousser son dernier soupir tout en étant conscient qu'il aurait pu le sauver.

Emportant son fusil à canon scié, il avait rendu visite à la victime – qui n'avait pourtant rien d'une victime – en fin de soirée, tandis que dehors tout était sombre, froid et humide. Il avait frappé de puissants coups à sa porte, sans craindre que quelqu'un l'entende aux alentours : la maison était en cours de construction, la seule à demi terminée dans une jungle bétonnée encore déserte, pas un témoin à proximité. Sachant visiblement ce qui l'attendait, l'homme avait aussitôt lancé les hostilités. Il avait envisagé de le flinguer immédiatement, mais à l'origine son arme devait servir à menacer, pas à tuer. Tirer sur quelqu'un, c'était trop salissant.

Alors, d'un geste vif il avait retourné son fusil et utilisé la crosse pour assommer le type. Après ça, il l'avait achevé à mains nues.

Et ça n'avait pas été difficile.

Pas tant que ça. Il fallait le faire, il n'avait pas d'autre choix.

Maintenant, cette ordure gisait par terre, dans le salon. Il devait déplacer le corps, s'en débarrasser. C'était sa mission de la soirée.

Il resta un instant figé, observant le cadavre inerte tandis qu'il prenait conscience de la situation. À présent rien ne serait plus pareil, il avait franchi la limite, commis un acte dont on ne revenait pas. Il devrait apprendre à vivre avec. Évidemment, il comptait bien s'en tirer – pas d'autre choix. Le peu de gens au courant de sa visite nocturne étaient complices, c'étaient eux qui lui avaient demandé de régler le problème. La police ne lui faisait pas peur tant qu'il réussissait à se débarrasser du cadavre. Les inspecteurs du coin n'avaient pas une grande expérience de la vraie criminalité. On l'interrogerait sûrement sur les liens qui l'unissaient à la victime, peut-être le soupçonnerait-on même quelque temps, mais ça, il pouvait s'en accommoder. Il suffisait de ne pas laisser de traces, en particulier des empreintes.

Heureusement, le sang n'avait pas coulé et il faisait sombre – les ténèbres étaient quasi constantes en cette fin novembre. Il avait juste à transporter le corps jusqu'à sa voiture et à trouver un bon endroit où l'abandonner. Quelques idées lui venaient déjà. Il aurait sans doute besoin d'un coup de main.

L'espace d'une seconde, il se demanda si ce type manquerait à quelqu'un. Ses parents étaient-ils toujours en vie, avait-il des frères et sœurs ? En tout cas, ce sale traître n'avait pas beaucoup d'amis. Non, réflexion faite, il ne manquerait à personne.

Quelqu'un sonna alors à la porte.

Après avoir roulé pendant des heures, Una soupira de soulagement en voyant apparaître le panneau de Thórshöfn, au pied de la péninsule de Langanes, même s'il lui restait encore une bonne distance à parcourir avant d'en atteindre l'extrémité.

Elle acheta un rafraîchissement dans une petite épicerie du village portuaire et en profita pour consulter sa carte. Elle devait aller presque tout au bout à l'est, jusqu'au cap de Fontur, afin de rejoindre le hameau de Skálar.

Elle se remit rapidement en route, un peu hésitante, plus tout à fait sûre de vouloir arriver à destination. Il n'était pas encore trop tard pour faire demi-tour.

Sa vieille Toyota Starlet jaune peinait sur le sentier caillouteux qui serpentait au cœur d'un paysage désertique, essentiellement constitué de roche et d'herbes sauvages. Seule une jolie petite église de campagne avait brisé la monotonie des lieux quelque part en chemin. C'était dans cette région qu'un ours polaire s'était échoué lors du grand hiver de 1918, particulièrement rigoureux. Il avait failli causer un carnage, d'après ce que lui avait raconté

Sara, qui tenait cette histoire d'un reportage vu à la télévision.

La route longeait la mer et des amas de bois flotté que personne n'avait daigné ramasser parsemaient la côte. Ici et là, on apercevait également quelques cygnes chanteurs. Plus Una avançait, plus l'état de la chaussée empirait, ce qui n'était pas pour la rassurer. Elle avait beau tenter d'éviter les plus gros nids-de-poule, elle finit par en heurter un particulièrement profond. Certaine que son pneu avait éclaté, elle coupa le moteur et se prépara à sortir sa roue de secours. Constatant avec soulagement qu'il avait résisté, elle profita de cette courte pause pour inspirer l'air marin et regarder sa carte à nouveau, afin de s'assurer qu'elle ne s'était pas perdue.

Tout doucement, elle reprit son chemin, déterminée à ne pas rencontrer le moindre problème si près du but. Elle aperçut bientôt une étroite pointe, sans doute le fameux cap de Fontur qui ouvrait sur la mer, d'une ampleur étourdissante. Un peu plus loin, elle arriva à un croisement – Fontur à gauche, Skálar à droite – et fut soudain prise d'un vertige. *Je ne veux pas vivre ici*, songea-t-elle. Mais elle n'allait tout de même pas abandonner maintenant.

Tandis qu'elle approchait de Skálar, le brouillard s'abattit d'un coup sur le paysage alentour, effaçant la frontière entre le ciel et la terre, la projetant au cœur d'une insaisissable toile de maître. Sa destination semblait de plus en plus lointaine alors qu'elle se dirigeait vers le néant, où le temps n'avait plus de prise. Peut-être était-ce justement ce qui l'attendait : un lieu où le temps ne voulait plus rien dire, où le jour et l'heure n'avaient aucune importance, où les gens ne faisaient qu'un avec la nature.

Elle finit par atteindre le hameau perdu dans les brumes. Una se sentait comme l'héroïne d'un conte lugubre, rien ne lui paraissait réel. Tout bien réfléchi, sa propre décision n'avait rien de normal – tout lâcher et accepter de passer un an à la lisière du monde habitable. Elle se secoua ; il fallait qu'elle prenne sur elle, ce n'était qu'une première impression, aucune raison de s'y fier.

Elle passa devant une ferme qui surplombait le village mais qui, d'après Sara et le reportage télévisé, en faisait partie. Una discernait à présent quelques maisons à travers l'épais brouillard – un décor de ville fantôme. Ce lieu-là était néanmoins bel et bien habité, et elle avait la sensation qu'on l'observait, que çà et là les gens soulevaient discrètement leurs rideaux pour apercevoir l'inconnue.

Ce n'est qu'un effet de la brume, se dit-elle avec détermination. Comme cette impression que plus personne ne vivait là depuis des années, que tout le monde était parti. C'était déjà arrivé, des villages entiers qui se volatilisaient. Le poisson disparaissait, les gens avec. Mais ces dix âmes-là tenaient le coup, et elle venait s'y ajouter. Hors de question, toutefois, de s'éterniser. Une année scolaire, puis elle retournerait chez elle, riche de cette expérience, après avoir retrouvé un parfait équilibre dans sa vie.

Elle se gara à côté d'un petit groupe de véhicules stationné à la sortie du hameau piétonnier. Salka lui avait décrit en détail sa maison : une bâtisse blanche de deux étages du début du siècle, située à quelques pas du parking. Il était prévu qu'Una s'installe sous les combles. Elle ne donnait pas directement sur le front de mer, comme cela semblait être le cas de la plupart des autres maisons. L'une d'elles était particulièrement impressionnante ; juchée sur un léger relief, elle dominait les autres constructions. Una aperçut également une vieille et charmante église, de quoi surprendre pour une si petite communauté.

Sortie de sa voiture, elle se tenait devant sa future demeure, dont la façade était percée de grandes fenêtres. Et cette fois, plus aucun doute, on l'observait : un rideau avait bougé au rez-de-chaussée. Imaginant que Salka se manifesterait d'une minute à l'autre derrière le carreau, elle sursauta en voyant apparaître une petite fille blonde de sept ou huit ans.

N'aurait-elle pas dû être couchée à cette heure ?

Plissant les yeux pour mieux la discerner à travers le brouillard et les ténèbres, Una lui sourit et lui fit un signe de la main. La fillette disparut.

Salka n'avait pas mentionné qu'elle avait une fille.

À pas lents, elle se dirigea vers la porte d'entrée en frissonnant et frappa. Il n'y avait pas de sonnette, mais un lourd heurtoir cuivré en forme de lion dont le bruit résonna dans la rue muette. Elle se rendit alors compte du silence qui régnait, comparé à Reykjavík. En dehors du léger murmure des vagues, on aurait entendu une mouche voler.

Elle attendit, un peu nerveuse à la perspective de rencontrer Salka, et de son séjour en général. C'est alors que les cieux se déchirèrent et qu'une brusque averse rompit le silence. Ne trouvant aucun abri aux alentours, Una patienta, frappant de nouveau, ses coups à présent étouffés par le tumulte de la pluie.

Quelques secondes s'écoulèrent encore avant que la porte ne s'ouvre, mais elle avait eu le temps d'être entièrement trempée.

– Una ? Mon Dieu, entrez ! s'exclama la femme sur le seuil. Je ne m'attendais pas à ce qu'il pleuve ce soir, et surtout pas à un tel déluge !

Elle tendit la main. Una pénétra à l'intérieur et la lui serra.

– Je suis Salka. Heureuse de vous rencontrer.

– Bonsoir, le plaisir est partagé, répondit Una en grelottant.

Quel accueil. L'obscurité, le froid, la pluie. Elle espérait sincèrement que les lieux auraient une autre allure le lendemain matin. Pour l'heure, elle avait surtout envie de regagner Reykjavík au plus vite.

Dans la maison, l'atmosphère était toutefois beaucoup plus chaleureuse. Le vestibule, étonnamment grand, abritait les chaussures et manteaux d'un enfant. Salka devait avoir environ trente-cinq ans, comme Una l'avait deviné au téléphone. Mince, les cheveux noirs et l'expression un peu mystérieuse, c'était une jeune femme séduisante.

– Débarrassez-vous de votre manteau, dit-elle. Vous n'avez qu'à le pendre ici, vous le monterez plus tard. Je peux vous offrir un café ?

– Volontiers, merci, répondit Una en essayant de sourire.

Ce n'était peut-être pas la plus sage décision étant donné l'heure tardive, mais un café lui ferait du bien après une telle journée.

Contigu à l'entrée, le salon était garni d'étagères encastrées dans les murs, remplies de livres et de photographies. Tableaux, statues et œuvres d'art diverses embellissaient la pièce. Avec sa décoration un peu datée, on avait l'impression de faire un voyage dans les années vingt ou trente.

Nulle trace de la fillette, qui devait pourtant se trouver ici lorsque Una l'avait aperçue plus tôt.

– J'ignorais que vous aviez une fille, dit-elle doucement en s'asseyant sur une chaise par crainte d'abîmer l'antique et magnifique canapé avec ses vêtements mouillés.

Devant l'air perplexe de Salka, elle ajouta :

– Je l'ai vue par la fenêtre tout à l'heure, elle me regardait.

– Ah oui ? Je la croyais endormie, elle m'avait promis de se coucher. Elle passe son temps à vadrouiller partout dans la maison. Elle s'appelle Edda.

Elle interpella alors la fillette, sans toutefois oser crier trop fort :

– Edda, ma chérie, tu es réveillée ?

Aucune réponse.

– Elle doit être retournée au lit. Difficile d'appliquer la moindre discipline ici, nous ne sommes que toutes les deux dans cette maison, et comme je vous l'ai dit, il n'y a que deux enfants dans tout le hameau. Elles se comportent pour ainsi dire comme des adultes et font comme bon leur semble. L'autre petite fille s'appelle Kolbrún, elle a neuf ans.

Salka se tenait toujours debout.

– Elles n'ont pas d'autre choix que de jouer ensemble, mais pour être honnête je ne pense pas qu'elles seraient amies si elles habitaient dans une plus grande ville. Pas seulement à cause de l'âge. Elles sont si différentes : mon Edda est une petite aventurière qui a le contact facile, qui passe son temps à explorer le monde. Elle n'est jamais à la maison, elle s'invite à manger chez les uns et les autres, même assez souvent à la ferme à la sortie de Skálar ; tout le monde l'aime, si je peux me permettre.

Baissant la voix, elle poursuivit :

– Kolbrún est... plus calme, pas aussi sociable.

Una eut la sensation que ce commentaire cachait quelque chose.

– Je vais préparer le café, reprit Salka avant de quitter la pièce.

Restée assise, Una profita de cet instant de solitude pour fermer les yeux et détendre ses muscles après son long voyage. Ces prochains mois, elle aurait la charge d'enseigner à ces deux fillettes, Edda et Kolbrún. Et d'après ce que venait de dire Salka, qui n'était certes pas exactement objective, elle s'entendrait probablement mieux avec la première – même si elle ne pouvait s'autoriser à penser ainsi. Quoi qu'il en soit, avec un peu de chance ces deux enfants l'aideraient à apprivoiser son nouvel environnement, sa nouvelle vie.

Elle sursauta lorsque Salka l'interpella. Elle avait commencé à somnoler.

– Vous voulez du lait ou du sucre ?

– Rien du tout, merci, répondit-elle, un peu gênée.

Salka lui tendit une tasse et s'assit.

– Alors, quelles sont vos premières impressions ? demanda-t-elle avec un sourire. C'est sans doute difficile de répondre, je sais, vous venez d'arriver, mais généralement on ressent tout de suite quelque chose dans un nouveau lieu.

Una réfléchit. Épuisée, elle avait connu des jours meilleurs. Mais elle devait donner sa chance à ce village, elle n'allait pas commencer par en dire du mal.

– J'aime beaucoup, au premier regard. C'est évidemment isolé, mais j'ai un bon pressentiment. Je suis sûre que les habitants sont accueillants.

La réponse de Salka mit un peu trop de temps à venir, et ne lui sembla pas tout à fait sincère :

– Oui, oui, ce sont des gens… des gens très bien.

Même sa voix était un peu étrange. Una secoua la tête, elle devait se faire des idées.

– Depuis combien de temps vous vivez ici ? demanda-t-elle pour changer de sujet.

– Un an et demi. Nous aussi, nous sommes des nouvelles venues, d'une certaine manière. Tous les autres habitants du village sont là depuis des décennies, vingt, trente ans. C'est un lieu qu'on ne quitte pas facilement, et peu de gens s'y installent par hasard. Je n'en étais que plus heureuse de vous avoir au téléphone ! On peut peut-être se tutoyer, non ?

– Bien sûr. Je suis contente de changer de décor, ce sera apaisant pour moi qui suis habituée au tumulte de la ville où les gens vivent à cent à l'heure, où c'est la course à qui accumule le plus de richesses.

Course dans laquelle je finis toujours dernière, voulut-elle ajouter. Dans un village pareil, l'argent avait moins d'importance, on ne se battait sans doute pas pour être celui qui avait la voiture la plus récente, le téléviseur le plus grand, la meilleure chaîne stéréo ou le magnétoscope le plus à la pointe. Una songea qu'ici, on ne devait même pas pouvoir louer de cassettes vidéo.

– Oui, c'est plutôt calme. Parfait si c'est ce qu'on recherche, mais ça peut aussi être difficile, parfois. Pour ma part, je m'y suis habituée, je suis plutôt casanière. Une vieille âme.

– Qu'est-ce que tu fais dans la vie, au fait ? Excuse-moi,

j'aurais dû te le demander plus tôt, fit Una en réprimant un bâillement. Ça a un rapport avec l'école, non ? Tu ne m'as pas dit que tu étais au conseil municipal ?

– On peut à peine parler d'école, les cours ont lieu tantôt chez moi, tantôt chez les parents de l'autre fillette. Impossible d'avoir un bâtiment dédié. Mais oui, je fais partie du conseil municipal, qui englobe Skálar et les hameaux environnants. C'est moi qui me suis battue pour qu'on ait un vrai poste d'enseignant, qu'on engage un professionnel. Les autres habitants voulaient qu'un de nous se charge de la classe, mais je n'aimais pas trop cette idée. Nos enfants méritent une bonne éducation, ils ne doivent pas rester à la traîne juste parce qu'ils vivent ici.

– J'imagine donc que c'est toi que je dois remercier pour ce travail.

– Attends d'abord de voir si tu as de bonnes raisons de me remercier, fit Salka en souriant. Donne-toi une semaine et on en reparlera...

– Bien..., soupira Una avant de boire une gorgée de café. Et ça ne te dérange pas que je loge chez toi ? Je peux tout à fait habiter ailleurs si tu préfères, si c'est mieux pour toi et ta fille.

– Non, pas du tout, c'est très bien comme ça. La municipalité me paie un loyer. Ça m'arrange plutôt, à vrai dire, ça met un peu de beurre dans les épinards, tu vois ? Les locataires sont une denrée plutôt rare à Skálar, comme tu peux l'imaginer. Et la maison est trop grande pour nous.

– Comment se fait-il que vous viviez dans ce village ? C'est parce que tu étais au conseil municipal ?

Salka se mit à rire.

– Non, pas du tout. Enfin, pas exactement. J'ai hérité

cette maison de ma mère. Elle a grandi ici avant de déménager à Reykjavík. Personne n'y vivait plus depuis longtemps, ça m'a coûté cher de la rénover. Je n'ai pas fini d'ailleurs, je fais ça petit à petit, mais c'est une si belle bâtisse. Je m'étais dit que ce ne serait peut-être pas une mauvaise idée de changer de vie, j'ai vendu tout ce que nous avions et je me suis installée à Skálar avec la petite.

Puis elle ajouta :

– Je suis aussi écrivain.

– Ah oui ? fit Una avec surprise, le regrettant immédiatement – peut-être aurait-elle dû reconnaître son nom.

– Oui, ça fait trois ans que je n'ai pas publié de livre, mais j'ai bientôt fini le prochain.

– Excuse-moi, je ne lis pas beaucoup, répondit Una, songeant que ce n'était peut-être pas un commentaire approprié venant d'une enseignante. Enfin… pas beaucoup de romans.

Salka rit de bon cœur.

– Ne t'inquiète pas ! Mais si tu veux, je te prêterai l'un de mes bouquins.

– Avec plaisir. Que font les habitants du coin, à part ça ? Où travaillent-ils ?

– Ceux qui n'écrivent pas des livres, tu veux dire ?

– Exactement, acquiesça Una.

Elle aimait plutôt bien cette jeune femme qui ne se prenait visiblement pas au sérieux, et qui était arrivée elle aussi assez récemment dans le village. Par ailleurs, partager un logement lui ferait du bien, à elle qui avait trop longtemps vécu seule. Ce séjour se présentait peut-être sous de bons auspices, finalement. Il fallait qu'elle essaie de rester optimiste.

– Nous ne sommes pas nombreux, comme tu le sais.

– Dix habitants, si j'ai bien compris ? glissa Una.

– C'est ça, fit Salka en hochant la tête. Il y a un petit bout de terrain au-dessus du village où une femme de mon âge gère une exploitation avec un succès relatif. Elle ne se mêle pas beaucoup aux autres, je ne la connais pas très bien. Pour le reste, ils travaillent tous dans le poisson, d'une manière ou d'une autre. L'Armateur, avec un grand A, habite la seule maison plus belle que la mienne.

Elle se mit à rire. Il émanait de Salka une certaine joie de vivre.

– Lui et sa femme ont la soixantaine bien tassée, ils ont un bateau et pêchent au large de la péninsule depuis toujours. Malheureusement, sa femme est malade depuis quelque temps.

– Et ils sont appréciés ? demanda Una.

– Très appréciés. C'est un homme généreux, il a toujours donné de sa personne pour notre petite communauté. Il est très croyant et finance toutes sortes d'événements à l'église. Ce qui me fait penser… Tu devras y organiser le spectacle de Noël cette année, avec les enfants.

– Les deux enfants ? fit Una d'un ton amusé.

– Ni plus ni moins, répliqua Salka dans un rire.

– J'espère qu'il y aura la place d'accueillir tout le monde…

– C'est une très jolie église, très ancienne, en bois – tu l'as peut-être vue. Le retable y est d'une extraordinaire beauté ; un portrait du Sauveur d'une incroyable profondeur, on dirait que le Christ est avec nous dans ce petit édifice, qu'il nous prend sous son aile, qu'il sort de la toile et tend les bras vers ses ouailles.

– Tu es très croyante ? demanda Una, regrettant immédiatement sa question potentiellement sensible.

Salka ne sembla pas s'en offusquer.

– Non, pas du tout. Mais j'aime l'art et les œuvres saisissantes.

Si Una ne pratiquait pas, elle avait conservé sa croyance d'enfant. Tout au long de sa vie, elle avait ressenti le besoin de maintenir ce lien avec la religion.

Salka poursuivit :

– Par contre, c'est plus ou moins une obligation d'assister au culte. Presque tout le monde y va, il ne faudrait pas vexer notre seigneur à tous. Je veux parler de l'Armateur ! Il s'appelle Gudfinnur, mais on le surnomme toujours Guffi.

– Ça ne devrait pas être un problème. C'est tous les dimanches ?

– Tu plaisantes ? On serait déjà reconnaissants que le pasteur vienne plusieurs fois par an. À son âge, il a autre chose à faire que d'entreprendre un tel voyage toutes les semaines, pauvre homme. Il n'habite pas ici, bien sûr. Mais il vient toujours pour le culte de Noël, si la route est praticable. Il n'a pas lieu le soir du réveillon. L'année dernière, c'était quatre jours après, si je me souviens bien.

Una avait l'habitude d'aller à l'église à Noël. L'office de minuit était le seul auquel elle ne dérogeait jamais. Après le rôti et les cadeaux, elle s'y rendait avec sa famille – petite avec ses deux parents, aujourd'hui avec sa mère et son nouveau mari. Noël aurait une autre saveur cette année.

– Et le pasteur… Il assiste à ce spectacle que je dois organiser ?

– Non, non, c'est juste pour nous. C'était très festif

l'année dernière, je m'occupais de la musique et les deux petites ont chanté. De véritables anges, si jolies, toutes vêtues de blanc.

– Tu composes aussi, en plus de l'écriture ?

Una aurait aimé être douée d'un talent artistique, savoir composer de la musique, écrire des histoires ou des poèmes, ou bien jouer d'un instrument. Elle avait toujours eu de bonnes notes à l'école, mais elle était dénuée de la moindre créativité. Elle avait grandi dans un foyer très terre à terre où l'art n'avait pas sa place. Son médecin de père ne jurait que par la science, il refusait d'entendre parler de religion et qualifiait les artistes de « plaies pour la société ». Pour lui, tout ça n'était qu'une perte de temps, et les gens auraient mieux fait d'essayer de comprendre le monde tel qu'il était plutôt que tel qu'ils l'imaginaient. Il n'aimait même pas la musique, passait ses journées le nez dans ses bouquins de théorie – sans jamais se lancer dans la lecture d'un roman. « J'ai autre chose à faire que de lire ces fabulations », affirmait-il.

– Si je compose ? fit Salka, haussant les épaules. Pas vraiment, mais je sais à peu près jouer de quelques instruments. Je me débrouille bien au piano, en toute modestie, et je me suis beaucoup entraînée sur le petit orgue de l'église. L'année dernière, j'accompagnais les enfants lors de leur numéro de chant.

Après une brève hésitation, elle ajouta :

– Bon, il m'est bien arrivé de composer quelques petites mélodies…

Jetant un regard autour d'elle, Una se dit que la culture occupait une place prépondérante dans cette maison. Tous ces livres, ces tableaux… Il ne manquait que le piano pour parfaire le décor.

Salka sembla lire dans ses pensées.

– J'ai un piano droit dans la salle à manger, fit-elle en pointant du doigt la pièce voisine. Il appartenait à ma grand-mère. Je viens d'une famille de musiciens. C'est un vieux piano russe, je ne sais pas exactement comment il a atterri ici, mais il a toujours un joli son. Je te jouerai quelque chose, à l'occasion. Ma fille aime bien en faire, je lui apprends – je donne aussi des cours à l'autre petite, même si j'ai l'impression que ce n'est pas trop son truc.

Puis elle ajouta, après un court silence :

– Tu imagines ? Un hameau de cette taille, avec une institutrice et une prof de piano pour deux enfants ! Qui dit mieux ?

Una acquiesça.

– Je ne te retiens pas, au fait ? enchaîna-t-elle. Tu ne dois pas aller voir ta fille ?

– Non, non, elle s'endort toute seule. D'ailleurs, je pensais qu'elle dormait déjà. Ne t'inquiète pas, ça me fait plaisir de bavarder. Mais toi, dis-moi si tu as envie d'aller te reposer.

– Je vais finir mon café tranquillement, répondit Una qui appréciait également la compagnie.

– Tant mieux, dit Salka avec douceur.

– Tu voulais m'en dire un peu plus sur les autres habitants, non ?

– C'est vrai. Il y a deux couples, dont les hommes sont marins et travaillent pour Guffi – depuis longtemps, d'après ce que j'ai compris. Je crois même qu'ils possèdent des parts dans son entreprise. Ils ne sont pas à plaindre ; comme je te l'ai dit, Guffi est un homme généreux.

– Quel âge ont-ils ?

– Gunnar doit approcher la soixantaine. Sa femme Gudrún gère la coopérative, si on peut employer un tel mot. On les surnomme Gunni et Gunna ! Ça ne s'invente pas. Son magasin est dans la petite maison en pierre à côté. Ce n'est pas bien grand, et la sélection de produits est limitée, mais au moins on ne meurt pas de faim. Enfin, ça risque d'être un peu frustrant pour une fille de la ville.

– Je m'habituerai.

– On s'habitue à tout.

Una n'en était pas certaine, mais elle ne fit pas de commentaire.

– L'autre couple est un peu plus jeune. Kolbeinn et Inga doivent avoir la quarantaine, ce sont les parents de Kolbrún, l'autre fillette du village.

Elle marqua une pause, puis reprit :

– Pour être tout à fait honnête, la gamine tient d'Inga. Elle n'est pas très sociable non plus, un peu sèche. Kolbeinn, en revanche…

Elle ne termina pas sa phrase.

– Enfin, ils viennent toujours à l'église avec Guffi, bien sûr…

– J'ai hâte de le rencontrer, ce Guffi.

– Soit tu l'aimeras tout de suite, soit tu ne t'entendras pas du tout avec lui. C'est ce genre d'homme. Pas de demi-mesure.

– Et toi, tu en penses quoi ?

– Je l'apprécie beaucoup, répondit Salka. Comme je te l'ai dit, sa femme Erika est malade, elle reste la plupart du temps alitée, la pauvre. Elle est un peu plus âgée que lui, d'une petite dizaine d'années je crois. Je ne l'ai pas souvent vue. Elle était bibliothécaire à Egilsstadir, c'est là qu'ils se sont rencontrés, puis elle l'a suivi ici. J'ignore de quoi elle souffre, je n'ai pas osé poser la question. C'est sans doute la fatigue et la vieillesse, tout simplement. J'imagine qu'ils finiront par s'installer ailleurs, là où elle pourra bénéficier de meilleurs soins. Enfin… Guffi est très attaché à Skálar, sa plus grande peur est que tout le monde quitte un jour le village. Partir sera probablement une décision difficile à prendre pour eux. Pour lui, en tout cas.

Una vida sa tasse.

– Il y a un médecin dans les environs ?

– On reçoit parfois le médecin du canton. Mais il ne vient que rarement, on fait donc attention de ne pas tomber malade, sauf lorsque le jour de sa visite approche ! plaisanta Salka.

Le silence envahit quelques secondes la pièce, puis elle reprit :

– Ici, tout tourne plus ou moins autour du poisson. La pêche est plutôt bonne dans le coin, c'est grâce à ça que nous pouvons vivre. S'il n'y avait pas de poisson, je ne serais pas là à écrire des livres, et tu ne serais pas là pour enseigner. C'est le poisson qui régit l'existence. Ça, et la météo. Foutue météo. Les marins doivent pouvoir accéder à la zone de pêche, et revenir chez eux. À Skálar, on prie beaucoup pour que la prise soit bonne et le temps clément ; parfois aussi pour des broutilles du quotidien…

Sa voix avait perdu toute trace de légèreté, elle était visiblement très sérieuse. Una se demanda à quoi ressemblerait la météo en plein hiver, au bord de l'océan, à l'extrême nord-est d'un pays au climat déjà difficile.

Un froid glacial et pénétrant, un vent violent et menaçant.

Et les ténèbres.

– Voilà à quoi ça ressemble, dit Salka, une pointe de fierté dans la voix.

Elle aimait sa maison, et visiblement elle se sentait bien à Skálar. Una était rassurée de voir une personne extérieure à cette petite communauté ayant réussi à s'y intégrer sans encombre. Bien sûr, Salka n'était pas vraiment une étrangère, une partie de sa famille venait d'ici, mais les habitants semblaient l'avoir accueillie à bras ouverts. Avec un peu de chance, elle aurait droit au même traitement.

– Je t'avais dit que tu aurais l'étage pour toi toute seule. Comme tu le vois, ce sont plutôt des combles aménagés qu'un étage à proprement parler. J'espère que tu n'es pas déçue. Parfois, il faut jouer les agents immobiliers et survendre un peu ! En tout cas, je pense que tu pourras t'y installer un cocon douillet.

– C'est parfait.

Elles se tenaient dans une sorte de salon-salle à manger avec cuisine ouverte. La table de la cuisine se trouvait sous une grande lucarne.

– La fenêtre offre une belle vue sur la mer, tu verras ça quand il fera jour. Je me servais de cette cuisine au début, pendant que je rénovais celle du bas. Le réfrigérateur et la gazinière sont en bon état. On pourrait peut-être se passer le relais pour préparer les repas, au moins de temps en temps. Je dois avouer que je ne suis pas une grande cuisinière. Ma fille préfère largement la cuisine des autres. Chacun son domaine. Moi, c'est plus le piano...

– C'est une très bonne idée. Je me débrouille, répondit Una. En plus, j'imagine que le poisson est délicieux ici ?

– Tu n'en trouveras pas de meilleur. J'ai mis du lait, du fromage et deux ou trois autres petites bricoles dans ton frigo, et du pain dans le placard.

Salka pointa du doigt sur sa droite :

– Ta chambre est ici, il y a une belle lucarne aussi, malheureusement elle ne donne pas sur l'océan. Je t'ai mis des draps propres, il y a une machine à laver en bas dont tu es évidemment libre de te servir. La salle de bains est en bas aussi. Elle est un peu vieillotte. La baignoire peut être utilisée comme une douche, en faisant attention. Bref, dans l'ensemble, c'est un logement très chaleureux. Le charme de l'ancien.

– Je pense que ça m'ira très bien, ce n'est pas beaucoup plus petit que mon appartement à Reykjavík, dit Una.

À vrai dire, elle était habituée à vivre dans le dénuement. Son père ne leur avait pas laissé grand-chose, à sa mère et elle. Il avait pourtant suivi des études de médecine et aurait pu percevoir un salaire confortable, mais il refusait de pratiquer, que ce soit à l'hôpital ou dans un cabinet. Il avait choisi de rester à l'université en tant que chercheur pour tenter d'améliorer le monde. Il ne s'intéressait pas à l'argent.

– Ça manque un peu de vie, bien sûr, poursuivit Salka. Il faudra que je te prête quelques livres, et peut-être un tableau, non ? Ou bien tu comptes te faire envoyer ça depuis Reykjavík ?

– En fait, je n'y avais pas pensé. Ce ne serait pas de refus.

– Tu trouveras un poste à côté de l'évier, tu peux capter la radio nationale sur les grandes ondes, mais la réception est fluctuante. Il y a aussi un lecteur de cassettes, j'en ai mis quelques-unes dans ta chambre, de la pop, du classique. J'en ai d'autres en bas. J'écoute surtout des disques, donc n'hésite pas à te servir si tu aimes la musique.

– Et la télévision ? demanda Una avec optimisme.

– On ne la reçoit pas, j'espère que ça ne te manquera pas trop. On nous dit toujours qu'une antenne va être installée, et puis ça ne vient pas. Vu la taille de notre village, on n'a pas vraiment la priorité, mais qui sait ? Un jour, peut-être…

– Et… pour la location de vidéos ?

Salka rit.

– Nous ne sommes pas à Reykjavík ! Il n'y a pas de magasin ici, mais certains voisins ont un magnétoscope et une belle collection. Guffi, et sans doute d'autres. À toi de voir avec eux… Moi, je n'ai même pas de magnéto, alors des cassettes…

– C'est pas grave.

Una avait apporté son propre magnétoscope et quelques cassettes attrapées sur son étagère, des séries et des films ainsi que les concerts regardés avec Sara tout au long de l'été qu'elle avait enregistrés. De quoi occuper son temps. Mais elle n'avait pas pensé à prendre son téléviseur.

– On s’habitue à tout, répéta Salka. Tiens, voici les clés. Tu peux accéder à ton appartement depuis la porte arrière de la maison, sans avoir à passer par chez moi. Sur ce, je te laisse te reposer.

Allongée sur son lit, Una contemplait la nuit par la fenêtre.

C'était désormais ici qu'elle habitait, ici qu'elle allait passer les prochains mois, sur ce lit, dans cette chambre.

Elle n'était pas certaine d'être prête. Elle qui dormait généralement à poings fermés ne parvenait pas à trouver le sommeil. L'épuisement d'un long voyage expliquait en partie son trouble, mais il n'y avait pas que ça ; elle éprouvait un terrible malaise dans ce village, dans cette maison en particulier.

Elle avait essayé de se changer les idées avec un peu de lecture. Abandonnant au bout de quelques pages, elle était restée allongée un long moment sous sa couverture chaude, les paupières fermées, attendant ce sommeil qui ne venait pas. Songeant à la caisse de vin rouge et aux quelques bouteilles de Campari qu'elle avait emportées, elle se demanda si un verre ne l'aiderait pas, mais elle résista à la tentation.

Cet appartement sous les combles n'était pas si désagréable. De petite taille et en grande partie mansardé, il avait un côté convivial en plus d'être en bon état et bien équipé. Le fait de pouvoir descendre et sortir sans passer par le logement de Salka était un gros avantage.

D'ailleurs, c'était peut-être exactement ce dont elle avait besoin pour retrouver son calme : sortir, se confronter à l'obscurité, respirer cet air marin qui devait être particulièrement pur ici, au milieu de nulle part. Et si un lieu méritait cette dénomination, c'était bien ce petit village situé à l'extrême opposé de la capitale.

Elle se leva et, malgré la fatigue, décida d'aller marcher un peu. Elle retira sa chemise de nuit, remit son jean, son pull blanc et son épais manteau, puis descendit l'escalier.

Ouvrant la porte d'entrée, elle fut cueillie par un courant d'air frais. La pluie s'était arrêtée et, à minuit passé, le village était plongé dans les ténèbres. Una remarqua alors l'absence de réverbères, l'obscurité quasi totale en dehors des lumières qui brillaient sous le porche de la plupart des maisons.

Elle n'avait jamais eu peur du noir, mais en cet instant, son intensité lui fit prendre conscience de sa propre fragilité. Tout pouvait arriver dans une pénombre pareille. Longeant les maisons puis l'église, elle descendit vers la côte. Il n'y avait rien à craindre, cette petite communauté vivait en paix, personne ne lui voulait de mal. Malgré les ténèbres, elle était certainement plus en sécurité ici au beau milieu de la nuit que dans le centre-ville de Reykjavík.

Parcourant les rues d'un pas lent et respirant le parfum des embruns qui flottait dans l'air, elle essayait de se convaincre qu'elle avait pris la bonne décision, que ce déménagement changerait sa vie pour le mieux.

Après une courte balade, elle reprit la direction de son appartement, luttant un peu pour se repérer dans cet environnement nouveau plongé dans l'obscurité. Sans les éclairages extérieurs des maisons, elle aurait été complètement aveugle.

Un oiseau s'envola sur son passage, la faisant sursauter, et elle manqua soudain de bousculer quelqu'un. Effrayée, elle qui n'y croyait pas pensa un instant avoir vu un fantôme. Elle recula d'un pas face à l'homme vêtu de noir qui, presque irréel, se confondait avec la nuit.

– Excusez-moi, dit-il. Je ne vous avais pas vue.

Elle fit un autre pas en arrière.

– Non, je vous en prie, moi non plus. J'étais juste...

S'apprêtant à s'excuser, à dire ce qu'elle faisait là, elle se ravisa. Après tout, elle ne lui devait aucune explication, et par ailleurs, il semblait évident qu'elle se promenait.

Elle observa l'homme. Un bonnet sur la tête et une épaisse barbe sur les joues, il paraissait plutôt avenant. Elle avait presque la sensation d'être tombée sur un vieil ami, quelqu'un qu'elle connaissait de longue date et appréciait.

– Je dois y aller..., commença-t-il d'un ton embarrassé, s'apprêtant à faire demi-tour.

Una s'empressa de lui tendre la main.

– Je m'appelle Una.

– Ah, oui, excusez-moi, fit-il avec hésitation. Moi, c'est Thór.

Il la lui serra fermement.

– Qui êtes-vous, exactement ?

– Je suis institutrice, je viens d'arriver de Reykjavík.

Un charmant sourire se dessina sur ses lèvres. Il

devait être un peu plus âgé qu'elle, peut-être trente-cinq ans. Elle-même avait fêté ses trente ans au printemps. Elle avait eu l'intention d'organiser une grande soirée avec ses amies, mais n'en avait finalement rien fait, invoquant sans cesse de nouvelles excuses, manque d'argent ou de temps. En vérité, elle n'avait peut-être tout simplement pas envie de les inviter chez elle. En dehors de Sara, elle avait quasiment cessé de les fréquenter. Par ailleurs, elle n'était pas sûre de vouloir célébrer cette occasion ; même si elle se savait encore jeune, passer la trentaine avait été plutôt éprouvant.

– Ah oui, j'ai entendu parler de vous.

Il semblait encore un peu gêné, comme quelqu'un qui voudrait être ailleurs. Le froid mordant commençait à se faire sentir, mais elle essaya de prendre sur elle.

Il poursuivit avant qu'elle n'ait eu le temps de répondre :

– Je ne comprends pas très bien, d'ailleurs. Qu'est-ce qui a bien pu vous pousser à vous installer dans un endroit pareil ?

– Je me suis dit : pourquoi pas ? La ville m'ennuyait, j'avais envie d'essayer la vie rurale.

Il garda le silence, toujours nerveux. Puis :

– C'est une chose de vouloir vivre à la campagne, mais *ici*...

– Et vous ? Qu'est-ce que vous faites ici ?

Il hésita une seconde.

– Je travaille dans la ferme à l'entrée du village. Vous y êtes passée ? La propriétaire s'appelle Hjördís. Je l'aide un peu, j'habite une dépendance à côté du corps de ferme.

Una secoua la tête.

– Non, je suis arrivée en début de soirée, je n'ai pas encore eu le temps d'explorer les environs.

– Il n'y a pas grand-chose à voir.

– C'est ce que je craignais, répondit-elle avec un sourire. Mais je vais devoir rester, je me suis engagée pour l'année scolaire.

– Ce n'est pas si pénible. Bon... Il faut vraiment que je m'en aille. Bonne chance, Una. J'espère que vous trouverez votre place.

– Merci.

Elle voulut ajouter quelque chose, un mot d'esprit peut-être, mais il ne lui en laissa pas l'occasion. Il tourna les talons et remonta rapidement la côte menant à la ferme. Elle le regarda s'éloigner puis disparaître dans les ténèbres.

Se retrouvant seule, elle se demanda si elle l'avait vraiment rencontré. Leur soudaine conversation avait semblé si irréelle, comme dans un rêve. Son premier réflexe avait été de croire à un fantôme, et elle eut de nouveau la même sensation. Parcourue d'un frisson, elle chassa ces pensées de son esprit. Elle aurait aimé continuer de lui parler, faire un peu mieux connaissance. Quoi qu'il en soit, elle le recroiserait sûrement. Dans un hameau de dix habitants, difficile d'éviter quelqu'un. Et elle avait hâte de le revoir.

Elle se réveilla en sueur.

Était-elle malade ? Fiévrcuse après son voyage ?

Tandis qu'elle s'interrogeait, les bribes d'un cauchemar lui revinrent. La fillette aperçue la veille par la fenêtre, vêtue de sa chemise de nuit blanche, lui était apparue durant la nuit. La petite Edda, la fille de Salka, ou bien... elle ne se rappelait plus très bien son visage, son rêve lui semblait à présent lointain, impalpable, une sensation plus qu'un souvenir. Les détails étaient flous ; elle la regardait à travers le carreau, exactement comme un peu plus tôt dans la soirée, mais cette fois les rôles étaient inversés : la fillette se tenait dehors dans la pénombre, et Una à l'intérieur. Toutes deux restaient muettes, et la scène avait quelque chose de troublant. On aurait dit que, en silence, l'enfant cherchait à l'interpeller, à lui demander de sortir, de la suivre.

Una se rappelait en avoir eu envie, avoir voulu partir avec elle dans les ténèbres, vers l'inconnu. Elle grelottait, comme si la température avait baissé durant la nuit, alors qu'il faisait plutôt doux dans la chambre à présent.

Après cela, la fillette avait tendu la main, paume vers l'avant, comme pour lui dire « Stop ». Cherchait-elle à avertir Una ? À lui faire signe d'abandonner le village ? Aurait-elle dû s'abstenir de venir ?

Elle s'extirpa du lit aux draps humides de sueur. Dehors, il faisait encore sombre. Allumant la lumière, elle vit sur son petit réveil que le matin était déjà là, même si la plupart des gens devaient encore dormir.

Pour sa première journée de travail, elle aurait voulu se reposer plus longtemps, mais impossible de refermer l'œil.

Elle se demanda si ce rêve était l'effet de la fatigue et de sa nervosité à la perspective d'un nouvel emploi, ou s'il cachait quelque chose de plus profond, si la peur qui l'habitait depuis toujours n'avait pas rejailli par un moyen détourné.

Un goût amer lui resta en travers de la gorge.

Una était encore fatiguée lorsqu'elle entra dans la salle de classe, en fait la salle à manger de chez Kolbrún, isolée du salon par une porte coulissante à l'ancienne qui leur assurait un peu de tranquillité.

Les deux fillettes étaient déjà prêtes. À la lumière du jour, Edda semblait moins éteinte, plus radieuse que lorsqu'elle était apparue à la fenêtre la veille au soir. Encore hantée par son rêve, Una s'efforça de commencer son cours sur une note légère, afin de détendre l'atmosphère et d'oublier par la même occasion la sensation désagréable qui ne la quittait plus.

Elle n'avait pas emporté de manuel. Cette première rencontre serait surtout l'occasion de faire connaissance avec ses deux élèves.

– Bienvenue, les filles. Je m'appelle Una, je viens de Reykjavík et c'est moi qui serai votre institutrice cette année.

Edda hocha la tête tandis que Kolbrún restait impassible.

– Je suis très contente d'être ici, à vrai dire j'ai même rêvé de vous cette nuit, poursuivit Una avec un sourire. Enfin, j'ai rêvé d'Edda, pour être plus précise, comme nous nous sommes croisées hier soir.

– Nous ne nous sommes pas du tout croisées ! rétorqua la fillette d'un ton décidé, les sourcils froncés.

– Peut-être pas au sens strict, non. Mais je t'ai vue par la fenêtre d'en bas lorsque je suis arrivée. Tu ne te rappelles pas ?

– Je ne t'ai jamais vue, répliqua la fillette. Je vais toujours au lit de bonne heure.

– Ta mère m'a dit…

Una s'arrêta au milieu de sa phrase. Inutile de parlementer avec l'enfant, qui était clairement en train de mentir.

– Qu'est-ce qu'on va apprendre aujourd'hui ? demanda Kolbrún.

– J'avais surtout envie de bavarder un peu, répondit Una.

Elle se présenta en détail et poussa les fillettes à faire de même. Ce qui se révéla bien plus aisé avec Edda, loquace et volubile comme sa mère, qu'avec Kolbrún, qui ne répondait aux questions que par monosyllabes.

À la fin de la classe, alors qu'Edda s'était volatilisée en un clin d'œil, Kolbrún resta assise à prendre des notes dans son cahier. Grande pour son âge, elle dissimulait sous ses cheveux noirs un visage plutôt rude et anguleux. Concentrée, elle semblait perdue dans son monde. Toute la matinée, elle avait griffonné des dessins et des petits mots qu'Una avait juste aperçus, ne souhaitant pas se montrer intrusive.

– Tu peux y aller, Kolbrún, dit-elle en se levant.

Certes, la fillette habitait ici, mais Una avait du mal à s'imaginer quitter la salle de classe, si l'on pouvait qualifier la pièce ainsi, avant son élève.

– Nous commencerons le programme dès demain.

Kolbrún demeura muette.

– Tu as passé un bon moment ?

La fillette hocha la tête sans lever les yeux de son cahier.

– Qu'est-ce que tu écris comme ça ? Une histoire ?

– Oui, marmonna-t-elle après un bref silence.

– Quel genre d'histoire ?

L'enfant leva enfin la tête et fixa Una d'un regard sans équivoque : *Cela ne te regarde absolument pas.*

Sans prononcer un mot, elle se pencha de nouveau sur son cahier.

– Bon, à demain, conclut Una sans attendre de réponse.

Elle referma derrière elle et se dirigea à pas lents vers l'entrée quand la porte s'ouvrit.

– Bonjour Una, dit Inga, la mère.

Elles s'étaient croisées le matin même, sans avoir le temps de bavarder. Au premier regard, c'était une femme peu avenante, au visage sévère et à l'expression distante. De grande taille, elle arborait la même chevelure noire que sa fille.

– Vous avez déjà fini ? fit-elle en consultant sa montre d'un air désapprobateur. Comment ça s'est passé ?

Sa voix n'exprimait pas le moindre enthousiasme, et elle ne semblait pas s'intéresser plus que cela à la réponse.

– Très bien, répondit Una, jetant un coup d'œil par-dessus son épaule pour s'assurer que la salle à manger était bien fermée et que Kolbrún ne les entendait pas. Dites-moi, les filles sont-elles proches ?

La question surprit Inga.

– Proches ? Non, pas vraiment. Kolbrún préfère passer du temps avec nous. Nous sommes une *famille très soudée*, ajouta-t-elle en insistant sur ces derniers mots. Je ne sais pas exactement pourquoi Salka a emménagé ici avec sa fille, une femme seule avec un enfant…

À nouveau, elle ne tentait pas de cacher sa désapprobation. Se tenant toujours sur le seuil, elle croisa les bras.

– Il va falloir faire attention à ma Kolbrún. Elle a l'habitude qu'on lui parle comme à une adulte, qu'on lui fasse confiance.

– Naturellement, répondit Una, un peu perplexe. Je m'adresse toujours aux enfants avec respect.

– Je ne sais pas à quel genre d'enfants vous enseigniez dans la capitale, mais ma Kolbrún est particulièrement douée. Elle a besoin de défis pour ne pas s'ennuyer à l'école. Kolbeinn et moi allons bientôt déménager, nous cherchons la bonne maison.

– C'est une excellente nouvelle, répondit Una avant de regretter cette formulation qui pouvait être mal interprétée.

– Nous avons mis notre maison en vente. Je ne m'attends pas à ce qu'elle parte tout de suite, évidemment, mais ce n'est pas très grave. Pas pour nous. Nous n'avons pas besoin de vendre pour acheter.

– En tout cas, merci de nous la prêter pour faire la classe.

Inga laissa échapper un léger grognement.

– Je n'ai pas vraiment le choix. Naturellement, la moindre des choses serait de recevoir une compensation en échange de ce service, mais bon… Comme je l'ai dit, ce n'est que temporaire. Nous allons bientôt partir.

Même si elle ne souriait pas, une certaine hâte se lisait sur son visage. Elle s'écarta enfin pour la laisser passer.

– Je vous dis à bientôt, Una.

Lorsque Una rentra au terme de sa deuxième journée d'école, la note l'attendait sur la table de la cuisine.

Passez donc chez moi vers 17 heures.
Gudfinnur

Elle jura en silence.

On s'était introduit chez elle sans son accord. Bien sûr, la maison ne lui appartenait pas, ni même ce petit logement sous les combles, mais il s'agissait de sa sphère privée et il fallait la respecter. Pour ne rien arranger, Gudfinnur était peut-être venu lui-même déposer ce mot. Un parfait inconnu. Ceci étant, elle ne trouvait pas plus acceptable l'idée que Salka s'en soit chargée.

En tout cas, le message était limpide. L'usage de l'impératif et l'absence de point d'interrogation ne laissaient planer aucun doute. Il s'agissait d'une injonction, pas d'une proposition, et mieux valait ne pas s'y soustraire. Gudfinnur tenait clairement les rênes dans le village, autant éviter de s'attirer ses foudres dès le début.

Sur le chemin, elle fit un détour par la plage. Les galets qui la recouvraient la rendaient belle et sauvage, mais difficilement praticable. Çà et là, des amas de bois s'étaient échoués. Le ciel éclairci, elle pouvait contempler l'océan dans toute sa splendeur. Par-delà une petite crique, on distinguait de menaçantes falaises. Elle continua d'avancer en direction de la maison de l'armateur puis, arrivée à sa hauteur, elle remonta vers la rue et alla frapper à sa porte.

Elle avait déjà aperçu Guffi de loin, vêtu d'un vieux pull marin et d'un bonnet en laine. Elle s'était presque attendue à ce qu'il l'accueille dans la même tenue, or il portait à présent un costume à carreaux sur une chemise bleue, pas exactement à la dernière mode mais de qualité. Derrière la porte entrouverte, il gardait le silence, parfaitement immobile, l'air mécontent de la voir. Una fut quelque peu décontenancée. Ne l'avait-il pas invitée ? Cette note était-elle une mauvaise plaisanterie ?

– Bonjour, excusez-moi, je… j'ai reçu un message de votre part.

– En effet, suivez-moi, dit-il sèchement en lui tendant la main.

Elle la serra. La poignée ferme lui parut durer une éternité. Lui emboîtant le pas, elle descendit un escalier. Plongée dans l'obscurité, la maison était imprégnée d'une atmosphère d'un autre temps. De manière générale, la modernité semblait ne pas avoir atteint Skálar.

– Mon bureau est en bas, expliqua Guffi d'un ton un peu brusque avant d'allumer la lumière du couloir.

Le bureau en question n'était pas bien grand, et pourvu d'un mobilier désuet. Auprès de la bibliothèque surchargée de livres, un fauteuil en cuir devait servir de coin de lecture.

Guffi l'invita à s'asseoir. Grand et robuste, il avait le visage parcouru de profondes rides et le regard perçant. Tandis qu'Una s'apprêtait à prendre place sur le fauteuil, il posa la main sur son épaule et lui indiqua plutôt la chaise du bureau, au fond de la petite pièce sans fenêtre. Lui-même s'installa sur le fauteuil, juste à côté de l'unique porte, et elle eut la désagréable sensation d'être prisonnière dans une cellule, à la merci de cet homme étrange.

– Heureuse de faire votre connaissance, dit-elle après un silence gêné, auquel il ne paraissait pas vouloir mettre fin. Vous dirigez la compagnie de pêche, c'est bien ça ?

– En effet.

Figé, sans la moindre trace de sourire sur ses lèvres, il ne la lâchait pas du regard.

– Et vous, vous allez enseigner aux enfants, ajouta-t-il.

Una hocha la tête.

– Pourquoi avoir voulu emménager à Skálar ?

D'abord muette, elle finit par bafouiller sans se convaincre elle-même :

– C'est un... C'est un très beau village.

– Comment vous pouviez le savoir ? cracha-t-il. Vous êtes déjà venue ici ?

– Je... euh... non mais...

Elle ne pouvait même pas prétendre avoir vu des photos.

Gudfinnur l'interrompit :

– Et ça n'a rien de spécialement beau, il faut bien l'avouer. Vous ne trouvez pas ?

– C'est… c'est tout à fait charmant, mais je viens juste d'arriver.

– Et combien de temps comptez-vous passer chez nous, Una ?

Avant qu'elle ne puisse répondre, il poursuivit :

– J'ai cru comprendre que vous étiez diplômée. Qu'est-ce qui a bien pu vous pousser à venir vous enterrer dans un endroit pareil ? Et puis je ne vois pas pourquoi on aurait besoin d'une instit juste pour deux gamines. C'est du gaspillage, voilà ce que c'est.

Una acquiesça, sans toutefois partager l'opinion de l'homme.

– Tout ça, c'est la faute de Salka, comme tant d'autres choses. Elle croit tout diriger dans ce village, je me demande ce qui lui donne ce droit.

Vissé sur son fauteuil, il ne semblait pas vouloir bouger, et Una avait la sensation qu'elle ne pourrait pas sortir tant qu'il ne lui en aurait pas donné l'autorisation.

– Je pense qu'elle vous a joué un mauvais tour, et qu'elle vous a raconté n'importe quoi pour vous faire venir.

Sentant la sueur perler sur son front, Una inspira profondément.

– J'imagine que le temps nous le dira.

– Et moi, je pense que vous devriez me croire. Ce n'est pas un lieu pour vous, Una. Les gens de l'extérieur ont du mal à s'intégrer à Skálar, à comprendre comment notre société fonctionne.

Elle hocha la tête, sans vraiment voir où il voulait en venir.

– Una, vous devriez y réfléchir à deux fois. Il n'est pas trop tard pour faire demi-tour. Nous ne vous en tiendrons pas rigueur. Cet isolement, cette distance, cette obscurité… on ne fait pas plus loin de la capitale qu'ici. Et la maison dans laquelle vous vivez a une longue histoire. Certains s'y sentent mal. Vous devriez faire vos bagages, rentrer chez vous. Nous saurons nous en sortir seuls. Nous l'avons fait pendant tout ce temps.

Elle n'avait pas du tout envie de céder aux menaces, mais il valait peut-être mieux abandonner, en effet. Elle n'était clairement pas la bienvenue. D'un autre côté, plus rien ne l'attendait à Reykjavík. Elle avait quitté son ancien travail et on l'avait déjà remplacée pour l'année. Financièrement, elle était obligée de rester. Par ailleurs, elle n'allait certainement pas accepter qu'on la traite ainsi.

– Merci pour ces conseils avisés, répondit-elle enfin, s'efforçant de cacher le tremblement dans sa voix. Je crois qu'il est temps pour moi de rentrer.

Se levant, elle se dirigea d'un pas lent vers la porte. D'abord immobile, Gudfinnur se leva à son tour et lui ouvrit en souriant, le regard toutefois glacial.

– Je ne vous montre pas le chemin, Una.

Après son entretien avec Guffi, Una décida d'aller faire un tour à l'épicerie pour s'acheter à manger, et surtout pour se changer les idées. Elle avait tenté de s'y rendre la veille mais avait trouvé porte close.

Elle fut accueillie par une femme d'âge mûr au sourire communicatif.

– Bienvenue, Una.

Au moins, elle n'avait pas à se présenter. Où qu'elle aille, on la connaissait déjà.

– Je m'appelle Gudrún, Gunna pour les intimes. Contente de vous rencontrer.

– Pareillement. Je venais juste faire une course.

– Vous trouverez tout ce qu'il vous faut, enfin plus ou moins, répondit Gudrún d'un ton amical. Ça fait drôlement plaisir de voir un peu de jeunesse dans notre village. La population ne se renouvelle pas beaucoup ! C'est toujours la même histoire, peu à peu les gens s'en vont. J'étais heureuse de voir Salka arriver avec sa petite, et maintenant vous. Il me semble d'ailleurs que c'est à elle qu'on doit votre venue ?

– Oui, je crois bien…, acquiesça Una.

– Alors, que puis-je pour vous ? Le congélateur est

là-bas dans le coin, vous trouverez sûrement quelque chose à votre goût. Il y a du poisson frais sur l'étalage juste ici…

Elle pointa une table à sa droite, où un unique filet attendait.

– Pour ce qui est de l'alcool, poursuivit la femme avec un clin d'œil, le rayon est à l'arrière. À Skálar, nous n'avons pas de magasin d'alcool détenu par l'État, comme partout ailleurs en Islande, alors nous bénéficions d'une licence spéciale pour pouvoir en vendre.

Le visage d'Una s'illumina. Elle s'était demandé si elle pourrait s'en procurer dans un si petit hameau.

– Eh bien, je vais vous prendre du vin rouge pour fêter ça, répondit-elle avec enthousiasme, même si elle en avait bien assez en stock. Que me recommandez-vous ?

– Oh, mon mari et moi ne buvons pas. Mais on m'a dit que les vins français et italiens étaient les meilleurs. J'ai les deux à disposition.

– Je vais essayer une bouteille de chaque.

Gudrún se précipita à l'arrière de la boutique et revint d'un pas rapide avec les deux bouteilles.

– N'hésitez pas à aller vous-même jeter un coup d'œil quand vous voulez. Je n'y connais rien, comme vous avez pu le constater.

– Merci. Je pourrais aussi avoir deux cannettes de Coca et un sachet de réglisse ? Et ce filet de poisson ?

– L'églefin ? Bien sûr. Vous avez de la chance, c'est le dernier. Mon stock se vide généralement sur-le-champ, et lorsque ce n'est pas le cas, je le congèle. On a l'habitude de congeler les denrées ici, pour éviter de les perdre. Et vous savez quoi ? Je ne sens même pas la différence, c'est toujours délicieux.

Una sortit son portefeuille de son sac et ouvrit son carnet de chèques.

– Oh, excusez-moi, ma douce. Je ne prends pas les chèques.

– Ah ? Mince, je... Je n'ai pas d'argent sur moi.

– Aucune inquiétude, je vous ouvre un compte. Vous savez ce que vous pouvez faire en échange ?

– Quoi ?

– Venez donc prendre un café chez Gunnar et moi. Demain vers quinze heures, ça vous irait ?

– Quinze heures ? Oui, oui, ça devrait aller.

– Parfait, ma chère Una, parfait.

– Comme je suis heureuse que vous ayez pu venir !

Tout sourire, Gudrún versa le café dans un service en porcelaine danoise au motif de goéland comme Una n'en avait plus vu depuis une éternité. Seule sa vieille tante de Reykjavík en possédait un de ce genre. À vrai dire, le salon entier de chez Gudrún et Gunnar semblait tiré d'un magazine vieux d'au moins vingt ans. Ils habitaient une des maisons en bois qui longeaient la côte, d'une taille respectable même si elle était moins impressionnante que celle de Guffi.

Le sol était recouvert d'une moquette jaune curry qui contrastait avec le rouge vif du canapé usé, les murs étaient tapissés de tissu et l'ensemble du mobilier avait clairement plusieurs décennies. Toutes les surfaces étaient ornées de petits objets décoratifs, en particulier des statuettes d'oiseaux.

D'après Salka, Gunnar approchait la soixantaine, mais les deux époux paraissaient dix ans de plus, avec leur mine fatiguée et leurs joues bouffies. Il ne devait pas rester beaucoup d'années de travail en mer à Gunnar, il envisageait sûrement déjà sa retraite.

Gudrún proposa du lait et du sucre, ce qu'Una déclina, comme à son habitude.

– Ici, on prend généralement les deux dans notre café, commenta la femme, sans toutefois employer un ton accusateur – elle ne faisait qu'exposer un fait. Mais évidemment, les choses sont bien différentes à la ville. Ça doit vous changer, non ?

– Pour l'instant, ça va, répondit Una.

Resté debout, Gunnar gardait ses distances.

– C'est bien que les enfants aient une vraie institutrice, dit-il. Inga s'occupait de leur faire la classe ces dernières années. La femme de Kolbeinn. Vous l'avez rencontrée ?

– Oui, nous nous sommes croisées, mais nous n'avons pas encore eu l'occasion de faire connaissance. Elle est…

Una laissa sa phrase en suspens, réticente à émettre un jugement. Gudrún s'en chargea pour elle :

– Elle n'est pas toujours très aimable. Ni très sociable. Elle ne l'a jamais été. Mais ce sont des gens bien, tous les deux, et leur petite aussi. Mon Gunnar travaille avec Kolbeinn.

– Tout à fait, tout à fait, acquiesça l'intéressé en s'asseyant sur le canapé à côté d'Una – un peu trop près à son goût. Notre compagnie de pêche est plutôt modeste, mais on s'en sort.

– Kolbeinn parle tout le temps de démissionner et de déménager, cela dit, glissa Gudrún. Ils sont encore plutôt jeunes, et avec la petite, ça ne doit pas être toujours drôle d'habiter ici. Gunnar et moi, nous avons l'habitude maintenant. On fait partie du décor, d'une certaine manière, ajouta-t-elle avec un sourire.

– Ça ne rime à rien de baisser les bras et de partir !

s'exclama Gunnar un peu brusquement. Qu'est-ce qui va se passer, si tous les jeunes se font la malle ? Le village va disparaître, purement et simplement. Un lieu chargé d'histoire comme celui-ci, quel gâchis ! Je suis né ici, et jamais ça ne m'a traversé l'esprit d'aller vivre ailleurs. Pas plus que ma Gunna, d'ailleurs. N'est-ce pas, Gunna ?

– Certainement pas. Il faut endurer ce que la vie nous impose, marmonna-t-elle. Mais je dois avouer que je les comprends, ces jeunes gens.

Una eut la sensation que le couple avait oublié sa présence.

– Bah, moi, je ne les comprends pas. Mais je sais très bien pourquoi il passe son temps à rabâcher ça, le Kolbeinn. Tu sais pourquoi, hein ? Tu sais pourquoi, Gunna ?

– Oui, tu me l'as déjà dit.

– Peut-être bien, mais pas à Una, ça non, dit-il en s'adressant à elle cette fois. Guffi nous paie trop bien, on vit dans le luxe, Gunna, moi, Kolbeinn et Inga. Je n'ai pas besoin de tout cet argent, il croupit à la banque. Et maintenant, le Kolbeinn passe son temps à raconter qu'il veut déménager à Thórshöfn ou même à Reykjavík pour fonder sa propre entreprise, il dit qu'il a un capital suffisant.

Il secoua la tête.

– Non mais je vous jure…

Embarrassée, Una ne comprenait pas vraiment pourquoi ils l'avaient invitée à boire le café. Ils ne semblaient pas lui porter le moindre intérêt.

Gudrún profita du silence qui suivit la diatribe de Gunnar pour prendre la parole :

– Una, on m'a dit que vous alliez vous occuper de la cérémonie de Noël à l'église ?

Elle acquiesça, mais elle n'en savait pas vraiment plus que ce que Salka lui avait expliqué le premier soir.

– Voilà qui me plaît beaucoup, poursuivit Gudrún avec enthousiasme. C'est un véritable événement, ça l'a toujours été, surtout pour les enfants. Bien sûr, dans le temps, ils étaient plus nombreux. Les choses changent, c'est ainsi. Quoi qu'il en soit, pour nous, c'est le point culminant des festivités de Noël. N'est-ce pas, Gunnar ?

L'homme hocha la tête en marmonnant.

– C'est une belle soirée. L'ambiance est chaleureuse durant l'hiver, avec des bougies partout. Tout le monde se réunit dans la maison de Dieu le dernier dimanche avant Noël, personne ne doit rester seul chez soi.

– Effectivement, je crois que l'organisation de la soirée va me revenir, dit Una. Non que ce soit un fardeau...

– Quel âge avez-vous, si vous me permettez ? demanda Gudrún. Vous semblez si jeune.

– Trente ans.

– Ce n'est pas un âge, ça ! s'exclama Gunnar. Vous n'aviez probablement jamais mis les pieds ici ?

– À Skálar ? Non, en effet... Je ne connaissais pas.

Elle ne put s'empêcher d'ajouter :

– J'en avais peut-être entendu parler.

– C'est plutôt isolé, soupira Gudrún.

– Plutôt isolé ? On intéressait pourtant l'armée américaine ! Et dans le temps, il y avait bien plus d'habitants qu'aujourd'hui, c'était loin d'être un petit hameau, rétorqua Gunnar, l'air blessé.

– Il a grandi ici, il est très attaché à ce lieu, expliqua Gudrún. Le village s'est développé au début du siècle, les gens venaient pour pêcher. Vous avez dû apercevoir des restes de l'ancienne jetée ? Évidemment, Guffi a investi dans la construction d'un nouveau quai, plus moderne et solide.

Una hocha la tête. Elle avait effectivement aperçu l'ancienne structure, à quelques pas de l'église.

– Combien d'habitants y avait-il ? demanda-t-elle, regrettant de ne pas s'être davantage renseignée sur l'histoire de Skálar avant d'emménager.

Gudrún se tourna vers son mari qui, fronçant les sourcils, répondit d'un ton grave :

– Hmm… Un peu plus d'une centaine, peut-être même près de cent vingt à la grande époque.

– Vraiment ? Plus de cent habitants ?

– Ça, vous pouvez me croire. Et ce nombre doublait parfois durant l'été. C'était loin d'être un trou perdu !

– Vous disiez que l'armée américaine était venue ? interrogea Una – elle n'avait jamais entendu parler de cela.

– Oui. Oh, ça ne rigolait pas. D'abord, nous avons eu les Britanniques pendant la guerre, je m'en souviens bien même si je n'étais encore qu'un adolescent. Ils sont restés deux ans. Et les Américains leur ont succédé. Ils ont établi leur campement juste au-dessus du village, vous pouvez encore apercevoir des ruines si vous allez marcher dans le coin.

Una n'avait pas exploré la région. Après un bref silence, Gunnar poursuivit :

– Ils l'appelaient Camp Greely. Une vraie base militaire, avec ses baraquements en tôle, sa tour de transmission, ses nids de mitrailleuses et tout le tremblement. Ils surveillaient les avions qui survolaient la zone. Je me rappelle tous les détails, c'était une sacrée aventure ! Enfin, vous voyez ce que je veux dire. Pour mes copains et moi, ça avait quelque chose de fascinant, on allait explorer la base d'aussi près que possible, et on essayait de découvrir si la guerre était vraiment arrivée jusqu'à nous, dans le village le plus isolé du pays. Je crois qu'on a accueilli jusqu'à cinquante soldats.

Una observa Gunnar, son visage, son regard. Il semblait dans un autre monde, revenu plusieurs décennies en arrière. Elle-même avait du mal à se figurer un tel décor dans les collines qui surplombaient le hameau ; des dizaines de militaires américains allant et venant avec tout leur armement, en plein milieu d'une guerre mondiale, et pourtant si loin des champs de bataille.

– Guffi et moi étions déjà meilleurs amis, reprit Gunnar. On essayait de se faire des copains parmi les soldats. Je crois qu'on ne percevait pas vraiment de menace, on trouvait ça plutôt exaltant. Bien sûr, on avait beaucoup de mal à se comprendre, comme vous pouvez l'imaginer. On ne parlait pas anglais. Mais ça se passait plutôt bien, et au fil du temps on a fini par apprendre à se débrouiller. C'était une bonne école.

– Comment... comment se passaient les échanges entre les villageois et eux ?

– Merveilleusement bien. Avec les gars, on leur parlait tout le temps, et ils faisaient vraiment de leur mieux pour ne pas trop perturber la vie des habitants. Vous imaginez le choc de nous retrouver d'un coup avec une armée étrangère pour ainsi dire dans notre jardin. On n'avait jamais connu ça. Mais ça ne devait pas être facile pour eux non plus. Il fallait supporter l'hiver, l'obscurité, le froid, le climat hostile. Ce vent humide, souvent très violent. Pas d'endroit où s'abriter. Et lorsque la neige s'y ajoutait, c'était un véritable enfer. Vous le découvrirez bien assez tôt. Je ne sais pas comment ils ont tenu, ils devaient être frigorifiés dans ces baraquements. Enfin, comme je le disais, c'étaient de bons gars. Ils nous donnaient toutes sortes de choses, surtout des denrées alimentaires, des produits dont nous n'avions jamais entendu parler.

Una fut tentée de l'interrompre pour changer de sujet, mais Gunnar s'était visiblement laissé happer par ses souvenirs.

– Je me rappelle qu'ils nous donnaient aussi des affaires pour Noël, des jouets américains qui ne ressemblaient à rien de ce que nous connaissions. C'était mémorable. Mais ce qui m'a le plus marqué, c'est le jour où ils nous ont projeté un film. Je ne me souviens plus lequel, un film américain en noir et blanc, mais c'était si nouveau pour nous ! Jamais nous n'étions allés au cinéma. Peu importait que nous ne comprenions pas grand-chose de ce que les acteurs disaient, c'était l'expérience qui comptait.

– Il m'a raconté ça tant de fois, glissa Gudrún avec un sourire. Je les connais par cœur, ses histoires. Vous êtes sa nouvelle victime.

– C'est un plaisir, répondit Una. Je me rends compte à présent que je ne savais presque rien de la région.

– J'ai bien d'autres anecdotes, poursuivit Gunnar.

– Il faudra qu'elles attendent, mon chéri. Et si vous nous en disiez plus sur la cérémonie de Noël, Una ? Vous avez déjà des idées ? Les enfants vont chanter, j'espère ? Avez-vous choisi les chansons ?

Je viens à peine de poser le pied ici, eut-elle envie de répondre.

– Non, je n'y ai pas encore réfléchi. Mais oui, les enfants chanteront sûrement quelque chose. *Petit papa Noël* ?

– *Petit papa Noël* ? répéta Gudrún avec une moue offensée. Ce n'est pas un cantique. Il faut leur apprendre les vrais chants de Noël. Au moins « Douce nuit, sainte nuit », même si l'on n'est censé la chanter que le soir du réveillon.

– Comme je vous l'ai dit, je n'ai pas encore pris le temps de réfléchir au programme.

– J'y participe chaque année, je donne un petit coup de main. J'ai vécu au Danemark où j'ai étudié le chant. Je pourrais tout à fait me laisser convaincre de vous aider.

– Oh, oui, ce ne serait pas de refus.

Voyant le visage de Gudrún s'illuminer, Una comprit quelle était la véritable raison de son invitation.

– Pourrai-je passer lors d'une de vos classes et répéter avec les filles ? Je leur enseignais le chant l'année dernière, dit la vieille femme, les yeux brillants d'espoir. Bien sûr, ce sera complètement bénévole. Gunnar et moi avons tout ce qu'il nous faut.

Una hésita une seconde avant d'accepter. Cela ne pouvait pas faire de mal, et lui faciliterait peut-être même un peu la vie. Par ailleurs, apprendre à chanter serait sans doute bénéfique pour les fillettes.

– Aucun problème. Je vous propose de commencer la semaine prochaine.

– C'est parfait ! s'exclama Gudrún.

Gunnar se faisait à présent discret.

– Elles étaient douées en chant, les filles ?

– Edda, oui. Kolbrún… hmm, elle n'y mettait pas beaucoup de cœur. Mais elle ne va pas s'en sortir comme ça ! Je pense qu'elle a une voix très correcte. Les enfants savent généralement bien chanter si l'on s'assure qu'ils y travaillent.

D'un coup, son visage rappela à Una une de ses anciennes institutrices.

Une femme avec qui elle ne s'entendait pas du tout.

La sonnette retentit de nouveau, cette fois suivie de légers coups frappés à la porte.

Et merde. La lumière était allumée dans le salon, il était trop tard pour l'éteindre. Les rideaux étaient ouverts, si le visiteur décidait de contourner la maison et de jeter un coup d'œil à l'intérieur, il pourrait voir le cadavre. Putain.

Accélérant le mouvement, il attrapa les mains de l'homme – une sensation étrange, désagréable – et le tira vers le vestibule plongé dans l'obscurité, et surtout dépourvu de fenêtre. Il n'osa pas regarder par le judas de crainte que le visiteur aperçoive son ombre et comprenne que quelqu'un se tenait de l'autre côté de la porte d'entrée. Repoussant celle qui menait au salon sans la fermer complètement, il se positionna derrière et guetta un éventuel passage devant la fenêtre.

Le cœur cognant contre sa poitrine, il essaya de ne pas penser au corps qui gisait derrière lui, au type qu'il avait assassiné. Il inspira profondément, s'efforça de retrouver une respiration calme. C'était nécessaire. Il avait fait ce qu'il devait faire, la situation avait simplement pris un tour inattendu.

Du coin de l'œil, il perçut un mouvement. Quelqu'un regardait par la fenêtre. Quelqu'un cherchait l'homme mort.

Une femme. Jeune, les cheveux noirs, d'après ce qu'il distinguait.

Caché dans la pénombre, il l'observa tandis qu'elle collait son visage à la vitre. Sa petite amie ? Il sentit naître en lui une pointe de culpabilité. Elle ne le reverrait plus, ne saurait même peut-être jamais ce qui s'était passé, s'il parvenait à se débarrasser du cadavre.

Figé, il attendit que la femme parte. En croisant les doigts pour qu'elle ne fasse rien de stupide, comme appeler la police. Heureusement, il avait pris soin de garer sa voiture à bonne distance.

Une fois la nuit tombée, abrité par les ténèbres, il transporterait le corps dans son coffre jusqu'à un champ de lave.

C'était mieux ainsi. Trop d'intérêts en jeu, trop d'argent, et les hommes derrière cette affaire étaient sans pitié.

Il fallait en finir, sinon c'était la déroute assurée. Une vie ou deux, ça ne change pas grand-chose, *se dit-il. On lui avait également confié la responsabilité de l'autre type qui voulait cafter.*

Deux hommes, deux pathétiques ratés, reposeraient bientôt à jamais dans un champ de lave. Et ils ne manqueraient pas à grand monde.

Una avait laissé passer un peu de temps avant de chercher à revoir Thór ; peut-être espérait-elle le croiser par hasard, ce qui n'était toujours pas arrivé au bout de quatre jours.

Après l'épuisant café chez Gudrún et Gunnar, elle avait simplement envie de voir quelqu'un qu'elle appréciait. Elle avait ressenti comme une étincelle en sa présence le soir de leur rencontre, quelque chose qu'elle avait du mal à nommer. Elle était certaine qu'ils s'entendraient bien. Du même âge qu'elle, il lui avait tout de suite paru amical.

Elle se mit en route en direction de la ferme, située à une petite distance. De belle taille, la bâtisse avait connu des jours meilleurs. Contrastant avec le rouge du toit, les murs étaient recouverts d'une peinture grisâtre qui s'écaillait. Un peu plus loin, on apercevait une autre maison, plus petite, sans doute la dépendance que Thór avait mentionnée. Estimant que c'était plus poli, Una se présenta d'abord à l'entrée du corps de ferme.

Elle attendit un long moment avant que la porte ne s'ouvre sur une femme d'une quarantaine d'années aux longs cheveux bruns, l'air suspicieux. Elle devait pourtant savoir qui était Una, non ?

– Bonjour, fit-elle sèchement.

– Bonjour, je m'appelle Una, je suis la nouvelle institutrice du village.

– Je sais. Hjördís, je suis la propriétaire de la ferme.

– Je voulais..., commença Una avant d'hésiter, un peu gênée, comme une collégienne qui a le béguin pour un garçon mignon. Je voulais savoir si Thór était disponible.

Hjördís la fixa un bref instant, interdite, puis elle répondit :

– Il est là-haut, je vais le chercher.

Elle disparut sans l'inviter à entrer. Una se demanda une seconde s'il y avait quelque chose entre Thór et cette femme. Cela expliquerait sa réaction, et le fait que l'homme n'ait pas cherché à la recontacter depuis leur rencontre fortuite, l'autre nuit.

Elle envisagea de tourner les talons. Baissant la tête, elle ferma les yeux, puis se ressaisit. Elle n'allait pas abandonner avant même que la bataille ait commencé.

– Salut.

Elle releva brusquement la tête. Il avait toujours sa barbe fournie et ce regard plein de charme, mais à présent elle découvrait aussi ses cheveux sombres, épais et hirsutes sans le bonnet qu'il portait lorsqu'elle l'avait croisé. Il arborait la même expression décontenancée, comme s'il ne savait pas quel accueil lui réserver. Il semblait toutefois être le genre d'homme à aimer laisser aux autres une impression positive.

– Salut. Pardon, j'aurais peut-être dû téléphoner avant de venir. Je me promenais et j'ai décidé d'en profiter pour passer te voir, balbutia-t-elle, peinant à trouver ses mots.

– Tu aimes te balader, on dirait, répondit-il. Ce n'est peut-être pas le meilleur lieu pour ça. On a à peine mis un pied dehors qu'on a déjà fait le tour du village.

– Disons que je n'aime pas me morfondre.

Tu ne m'invites pas à entrer ? voulut-elle ajouter, se demandant si dans ce cas il la mènerait dans le corps de ferme ou dans sa petite dépendance. Où logeait-il exactement ? Et quelle était sa relation avec Hjördís ?

– Attends une seconde, j'attrape mon manteau et je vais marcher un peu avec toi.

Il disparut un instant et revint rapidement, vêtu de l'épaisse veste qu'il portait lorsqu'ils s'étaient croisés la première fois.

– Alors, ces premiers jours de vie rurale ? s'enquit-il en refermant derrière lui. Si ça te va, nous n'avons qu'à monter la colline vers l'ancienne base militaire.

– Je m'y fais. Je reviens de chez Gunnar et Gudrún.

– Ah, sympa, commenta-t-il d'un ton clairement ironique. Je ne leur parle pas beaucoup, mais c'est toujours assez intéressant et amusant de les observer. On les appelle Gunni et Gunna. De vrais monuments dans le coin. Ils ont amassé de quoi vivre la belle vie grâce à la compagnie de Guffi, mais je pense qu'ils ne bougeront jamais d'ici. C'est chez eux. Quand ils sont ensemble, Gunni a rarement la parole, sa femme est assez autoritaire.

Marquant une courte pause, il reprit :

– Enfin, elle l'autorise parfois à s'épancher sur…

– Laisse-moi deviner, l'histoire de Skálar ?

Thór rit.

– Exactement ! Tu as donc eu droit à la formule tout compris.

– On peut le dire.

– Il t'a raconté l'épisode de la mine ?

– La mine ? Non, ça ne me dit rien.

– Une explosion a eu lieu au large durant la guerre. En 1942, si je me souviens bien. C'est resté très présent dans les mémoires, on m'en a souvent parlé. J'ai aussi beaucoup lu sur le village. Ça a provoqué une énorme onde de choc, les vitres des maisons ont éclaté, il y a eu pas mal de dégâts.

– Des blessés ?

– Non, heureusement, mais plusieurs familles ont déménagé la même année, sans doute sous l'effet de la panique.

Ils marchèrent quelques instants en silence, dans le froid de plus en plus piquant.

– J'ai aussi rencontré Guffi… Il m'a invitée chez lui…

Elle hésitait quant à la manière de décrire ce qui s'était passé, l'étrange sensation qui s'était emparée d'elle chez le vieil homme. Après tout, Thór était un parfait inconnu, même si elle avait l'impression de pouvoir lui faire confiance. De ressentir comme un lien entre eux, peut-être même un début d'attirance.

– Ça ne s'est pas bien passé ? interrogea-t-il.

– Il s'est montré un peu froid. Hostile.

Elle préféra ne pas trop en rajouter pour le moment. Mais à sa grande surprise, Thór éclata de nouveau de son rire si charmant.

– C'est une revendication chez toi, on doit toujours t'accueillir de manière chaleureuse ? demanda-t-il avec malice.

– Non, non, pas du tout mais…

– Je comprends, ne t'inquiète pas. Guffi est un bonhomme un peu rustre, mais il a un bon fond. L'accueil qu'il m'avait réservé à l'époque n'était pas très agréable non plus.

Una n'aurait su dire si Thór était sincère ou s'il cherchait à la rassurer, mais elle apprécia le geste. Elle changea de sujet :

– Tu comptes rester vivre ici ? Je veux dire, définitivement ?

Il laissa passer un long moment avant de répondre :

– Je me le suis souvent demandé.

Arrivés sur le site de l'ancien campement, ils s'arrêtèrent. Una jeta un regard alentour, envahie d'un mélange de claustrophobie et de mal du pays. Que faisait-elle dans ce lieu désolé ? Si loin de tout et de tout le monde. Tiendrait-elle vraiment une année entière ? Peut-être si elle pouvait passer occasionnellement un peu de temps avec Thór...

– Je ne sais pas, reprit ce dernier, alors qu'elle avait presque oublié la question qu'elle lui avait posée. Non, je ne pense pas, Una. C'est une très belle région, et la vie y est paisible. Paisible et sécurisante. Mais il ne se passe pas grand-chose. Je ne suis pas à plaindre, je lis beaucoup, ce que je ne faisais jamais auparavant. J'emprunte souvent à la bibliothèque ; toutes sortes d'ouvrages, même si j'ai une préférence pour les livres d'histoire.

– La bibliothèque ?

– Bien sûr, nous n'en avons pas ici, mais Hjördís revient avec un petit stock de celle de Thórshöfn chaque fois qu'elle se rend là-bas.

– Et... Hjördís et toi... comment vous vous êtes rencontrés ?

À nouveau, il marqua une pause avant de répondre :

– J'ai vu passer une annonce, je me suis dit que ce serait une nouvelle aventure. Je ne la connaissais pas du tout.

D'une voix moins assurée, il ajouta :

– Évidemment, on raconte des ragots à notre sujet, j'imagine. Mais je peux te jurer que je ne fais que travailler pour elle.

Una avait la réponse à toutes ses questions.

– Bon, nous sommes arrivés, reprit Thór. Laisse-moi donc te montrer les environs, que je mette à profit tous ces bouquins que j'ai ingurgités au sujet de la péninsule de Langanes.

Elle dormait mal, et lorsqu'elle parvenait enfin à fermer les yeux, elle finissait toujours par se réveiller peu de temps après, en sueur.

Helgi avait disparu depuis un mois sans donner de nouvelles. Quelques jours plus tard, cela avait été le tour de son ami Hilmar.

Elle était terrifiée. Persuadée qu'il leur était arrivé quelque chose, qu'ils avaient été assassinés. Elle savait bien que Helgi avait de mauvaises fréquentations – Hilmar devait appartenir au même cercle. Mais elle était amoureuse, elle n'avait pas voulu se mêler de ses affaires.

La police l'avait pressée de questions. Elle leur avait raconté qu'elle était passée chez Helgi le jour de sa disparition, qu'elle le cherchait. Elle avait frappé, jeté un coup d'œil par la fenêtre, n'avait rien vu. Les inspecteurs ne semblaient pas la croire.

Elle leur avait aussi parlé de ses liens avec la pègre. Sans savoir précisément à quelles activités il s'adonnait, elle pouvait leur fournir quelques noms. Et maintenant elle avait peur, terriblement peur que ces mêmes hommes s'attaquent à elle, essaient de la réduire au silence.

Lorsqu'elle dormait, elle rêvait de Helgi. Des cauchemars terribles et un scénario différent chaque nuit, mais la fin demeurait la même : il était mort. Ces criminels l'avaient tué.

La sélection de produits et les prix affichés dans la coopérative de Gudrún rappelaient la pire épicerie de Reykjavík. Si certaines personnes se laissaient charmer par le romantisme de la vie en autarcie dans la ruralité profonde, Una prenait conscience qu'elle s'était condamnée à abandonner toutes sortes de petits luxes qu'elle avait considérés comme acquis dans la capitale. Pour ne rien arranger, le commerce n'était ouvert que quelques jours par semaine, à des horaires assez aléatoires.

On pouvait toujours aller frapper chez Gudrún et Gunnar, mais elle préférait s'abstenir, craignant d'être invitée pour le café à chaque article acheté.

Le magasin proposait peu de produits frais en dehors du poisson. La population locale se nourrissait pour l'essentiel de surgelés. À la caisse, elle rangea ses achats dans un sac.

– Je mets la note sur ton compte ? fit Gudrún avec un sourire.

Au même instant, la clochette suspendue au-dessus de la porte tinta. Se retournant, Una aperçut Inga, la mère de la petite Kolbrún, accompagnée d'un homme qui devait être son mari, Kolbeinn.

Il la regarda avec insistance, un sourire aux lèvres. La fillette n'était pas avec eux. Comme Salka l'avait mentionné, le couple était âgé d'une quarantaine d'années. La barbe grisonnante, Kolbeinn était plutôt séduisant, grand et la carrure solide quoique mince, probablement la conséquence d'années passées à trimer sur les flots.

– Bonjour, dit Inga d'une voix parfaitement neutre.

– Bonjour, répondit Una.

– Enchanté, Una, fit Kolbeinn, les yeux toujours fixés sur elle. Nous ne nous sommes pas encore rencontrés. Je suis le père de la petite Kolla. Content de faire enfin votre connaissance.

Il lui tendit la main et la lui serra longuement.

– Vous trouvez votre bonheur pour le dîner ?

– Oui... euh..., balbutia-t-elle, un peu honteuse en jetant un regard à ses achats : une petite bouteille de Coca et un sachet de réglisse, modestes plaisirs qu'elle comptait s'accorder ce soir au lit avec un bon livre – puisqu'il n'y avait pas de téléviseur à disposition.

Sans vraiment lui laisser le temps de poursuivre, Kolbeinn reprit :

– Tout se passe bien avec notre Kolla ? Elle... euh... elle dit beaucoup de bien de vous.

À en juger par son ton, l'affirmation était un peu exagérée. Et vu comme Kolbrún gardait le silence en classe, Una avait du mal à l'imaginer vantant les mérites de son enseignante le soir venu. Il fallait qu'elle apprenne à mieux la connaître, qu'elle la force à s'ouvrir. Cela prendrait du temps, mais elle avait toute une année devant elle.

– Votre fille est tout à fait charmante, répondit-elle avant de se tourner vers Inga.

L'espace d'un instant, elle avait oublié sa présence. Immobile et silencieuse, celle-ci disparaissait presque dans le décor avec son manteau d'hiver blanc et son visage pâle.

– C'est une enfant spéciale, notre Kolla. Ça va lui faire du bien, d'avoir une enseignante expérimentée. Vous saurez l'aider à s'épanouir. Ce n'est pas sain de vivre dans un endroit aussi isolé, pour des gamines de leur âge. Nous déménagerons tôt ou tard, peut-être même à l'étranger. J'avais bien envie d'essayer de vivre un an au Danemark.

– C'est un beau projet, commenta Una un peu sèchement – elle était mal à l'aise, même si Kolbeinn se montrait sympathique.

– On ne peut pas passer sa vie entière sur un bateau.

D'une voix légère, il ajouta :

– J'ai mangé assez de ce fichu poisson pour toute une vie. De l'églefin pané, de l'églefin bouilli, de l'églefin grillé. Dieu tout-puissant, je ne sais pas combien de temps on peut supporter ça. J'espère que vous avez prévu autre chose pour votre dîner ! lança-t-il enfin en lui assénant une petite tape sur l'épaule. Je vous dis à bientôt.

Una hocha la tête.

– Bonne soirée.

Elle se précipita hors de l'épicerie armée de son sac plastique plein de sucreries. Une fois dehors, elle entendit la porte s'ouvrir derrière elle. Kolbeinn se tenait sur le seuil.

– Dites, Una ! lança-t-il d'un ton familier. On devrait

peut-être se voir à l'occasion pour discuter un peu de Kolla. Elle peut parfois être timide, il ne faut pas la brusquer. Vous m'accorderiez une demi-heure un de ces jours ?

– Euh… Oui, oui, bien sûr.

– Formidable. À bientôt !

Una s'installa en face de Kolbeinn dans le salon de chez Salka. La leçon venait de prendre fin, et il avait renvoyé sa fille chez lui.

– Alors, vous prenez vos marques ? demanda-t-il.

Elle supportait mal ce genre de bavardages et aurait préféré entrer directement dans le vif du sujet, à savoir Kolbrún.

Comme elle tardait à répondre, il reprit :

– Skálar n'est pas bien grand, je sais. Mais aussi incroyable que ça puisse paraître, on arrive à tenir le coup, surtout si on a de quoi vivre confortablement.

– Je n'ai qu'un salaire d'enseignante.

– J'imagine que vous ne comptez pas vous éterniser ?

– Je reste juste pour cette année.

– Bon. Ça ne sera pas un problème, dans ce cas, fit-il avec un sourire.

– Kolbrún n'a pas trop de difficultés avec ses devoirs, le soir ? enchaîna Una. Elle s'intéresse à ce qu'on fait ? J'ai en tout cas l'impression qu'elle arrive toujours préparée.

– Oui, bien sûr. Elle travaille très dur, elle est consciencieuse. C'est une gamine intelligente, même si elle n'est pas très sociable – comme sa mère. Elles préfèrent la solitude. Voilà pourquoi je me dis qu'une si petite communauté correspond à son caractère. Elle a moins la pression de se faire des amis, de se conformer à un groupe. Les deux fillettes s'entendent plutôt bien, je crois. Ce ne sont peut-être pas les meilleures amies du monde, mais bon… En tout cas, ici, Kolbrún n'a pas besoin de se mêler aux autres, ce qui lui convient tout à fait. Pour ma part, j'aurais quand même aimé qu'elle vive dans un lieu un peu plus peuplé, qu'elle soit dans une classe plus nombreuse, pour l'obliger à sortir de son cocon, vous voyez ?

Una hocha la tête. Elle comprenait parfaitement ; elle-même avait été ce genre d'enfant, timide au début, avant de changer d'école et de rencontrer des camarades plus liants qui l'avaient aidée à s'épanouir. Mais la tragédie avait frappé et elle était repartie de zéro. Elle s'était de nouveau renfermée, avait dû réapprendre à se faire des amis, à faire confiance.

– Oui. Je pensais que Kolbrún et Edda étaient amies en dehors de l'école, mais visiblement ce n'est pas le cas.

– On ne peut pas y faire grand-chose. Je m'imagine mal les forcer à jouer ensemble, et puis elles ont une petite différence d'âge.

Se levant de sa chaise pour se rapprocher d'Una, il baissa la voix :

– Je voulais juste partager cela avec vous, vous rappeler qu'il faut y aller doucement avec elle…

Il posa la main sur son épaule.

– Bien sûr, je la suivrai de près, dit Una. Les enfants grandissent chacun à leur rythme, j'en ai l'expérience. Et puis, il est rare qu'on ait l'occasion de leur accorder une attention individuelle. D'une certaine façon, cette situation est un privilège.

La main était toujours fixée sur son épaule.

– J'essaierai de m'entretenir régulièrement avec vous et votre femme, ajouta-t-elle, nerveuse. J'organiserai sans doute une réunion formelle avant Noël. Elle n'a pas voulu se joindre à nous aujourd'hui ?

– C'est moi qui m'occupe de ça, fit-il en secouant la tête avant de retirer enfin sa main. À part ça, vous arrivez à trouver le sommeil là-haut ?

La question surprit Una.

– Euh... oui, ça va. Pourquoi ?

– Eh bien, cette maison est connue pour être hantée, je croyais que vous étiez au courant.

– Ah... non.

– Je suis sérieux, et Salka le savait très bien quand elle s'est installée ici. Elle disait qu'elle ne croyait pas aux fantômes, j'imagine que ça aide. Tout ça, c'est une question d'état d'esprit, n'est-ce pas ?

Il eut un sourire taquin. Una n'était pas certaine de vouloir en apprendre plus, mais elle ne put s'empêcher de demander :

– Que s'est-il passé ?

– Une fillette est morte, vers 1930 il me semble. On raconte qu'elle continue de hanter les lieux. Ce ne sont que des rumeurs, bien sûr, et je ne peux pas dire que je croie aux fantômes, mais certains ont affirmé... l'avoir aperçue dans une des chambres, toute vêtue de blanc.

Il marqua une pause théâtrale, puis :

– Mais vous n'avez pas à vous inquiéter, puisque vous n'avez rien remarqué.

Ces paroles qui se voulaient rassurantes n'eurent

pas l'effet escompté, bien au contraire. Parcourue de sueurs froides, Una se remémora son rêve avec Edda, et repensa à la fillette aperçue par la fenêtre. *S'agissait-il d'une autre petite fille ?*

Posant de nouveau la main sur son épaule, Kolbeinn se rapprocha encore et fit glisser son bras autour de sa nuque. Pétrifiée, elle n'osa pas réagir.

– Je peux monter avec vous, vérifier qu'il n'y a rien, lui murmura-t-il à l'oreille.

Elle se leva d'un bond, manquant de faire tomber la chaise.

– Non, ça ira, je dois… Je pense qu'il vaut mieux que vous partiez.

Il se leva à son tour, lentement, calmement, et lui adressa un sourire.

– Je vois. À bientôt, Una. À très bientôt.

Una resta assise un long moment après le départ de Kolbeinn.

Même s'il n'avait rien dit ouvertement, il était clair qu'il avait cherché à la séduire. Il l'avait prise dans ses bras, avait essayé de la convaincre de l'inviter dans sa chambre. Elle avait très bien compris, non ?

Un homme marié qui faisait des avances à l'enseignante de sa fille. La situation pouvait difficilement être plus inappropriée.

Elle finit par se lever, enfila chaussures et manteau ; elle avait besoin d'air, de se vider l'esprit. Dehors, le froid s'était encore intensifié, et le vent avait redoublé. Heureusement, il ne pleuvait pas. Quelqu'un lui avait dit qu'il neigeait peu dans le coin, ce qu'elle avait d'abord pris pour une bonne nouvelle – au moins, la route ne serait pas barrée –, mais à présent elle songeait que la neige n'était peut-être pas le pire. Chaque jour semblait plus sombre et lugubre que le précédent, alors qu'il restait encore plusieurs semaines avant le solstice d'hiver. La neige aurait au moins apporté un peu de lumière. Par ailleurs, il aurait pu en tomber des mètres en ce qui la concernait, elle ne comptait pas se déplacer.

Elle frissonna, et pas seulement à cause du froid. Son échange avec Kolbeinn avait été hautement embarrassant, surtout vers la fin. Quelle attitude devrait-elle adopter lors de leur prochaine rencontre ? Tenterait-il une nouvelle approche ? Pouvait-elle faire comme si de rien n'était ?

Sans parler de cette histoire de petite fille morte. Una l'avait oubliée un instant, trop occupée à ressasser le comportement de Kolbeinn, mais l'enfant lui revint tout à coup à l'esprit, nourrissant son effroi. Que s'était-il passé dans cette chambre, au juste ? Kolbeinn avait-il simplement cherché à lui faire peur ? C'était dans cette pièce qu'elle devrait dormir cette nuit, et le reste de l'année. Évidemment, elle ne croyait pas aux histoires de fantômes, mais cette fois, elle ne parvenait pas à se débarrasser de son malaise. Fantôme ou pas, le fait qu'une fillette soit apparemment morte là-haut lui glaçait le sang.

Le mieux serait sans doute d'interroger Salka, de s'assurer auprès d'elle qu'il n'y avait rien à craindre. Elles pourraient en rire ensemble. Et Una profiterait de l'occasion pour lui raconter ce qui s'était passé avec Kolbeinn, pour lui demander s'il s'était déjà permis ce genre de libertés avec quelqu'un d'autre…

Elle était arrivée sur la plage. Personne aux alentours, mais elle avait toujours la sensation qu'on l'observait. Depuis son arrivée, elle évitait de regarder les fenêtres des maisons environnantes lorsqu'elle se baladait, préférant fixer le sol et s'absorber dans ses pensées. C'était un si petit village, la proximité pouvait rapidement être étouffante. Ce n'est qu'en approchant l'océan qu'elle s'autorisait à relever la tête pour en contempler la surface, agitée par des vagues déchaînées. Menaçant, inquiétant, il n'en demeurait pas moins la raison pour laquelle des gens continuaient de vivre dans cette région.

Parfois, elle se répétait qu'elle n'était pas la bienvenue, qu'elle aurait dû rester à Reykjavík, que cette aventure était une erreur. Difficile de dire si c'était la réalité ou son imagination, personne à part Guffi ne le lui avait explicitement dit, mais quelque chose dans ce lieu et l'attitude de ses habitants demeurait inhospitalier. Les seules personnes à l'avoir accueillie à bras ouverts étaient Salka et sa fille Edda. Même l'autre fillette, Kolbrún, gardait ses distances.

Et puis, il y avait Thór, bien sûr. L'insaisissable Thór. Avec un peu de chance, les choses s'éclairciraient bientôt entre eux.

Una s'arrêta pour observer les ténèbres. Elle respira l'air salin, bercée par le bruit de la mer. Elle n'avait pas éprouvé beaucoup de nostalgie envers son ancien lieu de vie avant ce soir. Peu de choses lui manquaient réellement. Ses amies ne l'avaient pas contactée depuis qu'elle avait déménagé. Sa mère appelait de temps en temps, mais elle avait bien assez à faire comme ça, et à vrai dire Una appréciait cet éloignement, en tout cas pour le moment. Tant de non-dits régnaient encore entre elles, tant de souvenirs douloureux ; lorsqu'elles se voyaient, leur conversation restait superficielle, comme si ni l'une ni l'autre n'osait ouvrir la porte sur l'abîme de leur passé, regarder en face le chagrin qui les unissait.

En réalité, Una avait besoin d'un nouvel environnement pour tout un tas de raisons, conscientes comme inconscientes. Et si Skálar était un lieu glacial et désolé, si ses habitants étaient à son image, elle avait toutefois l'impression qu'elle était en sécurité ici, que rien de mal ne pourrait lui arriver. Et cela lui suffisait.

Elle s'était dit qu'elle bavarderait avec Salka, mais finalement elle ne s'en sentait pas la force. Elle voulait être seule, se détendre, se préparer un repas léger dans la cuisine là-haut, ou simplement se griller quelques toasts. Boire un verre. Profiter du silence en se plongeant dans un livre emprunté à sa logeuse.

Elle avait été agréablement surprise du plaisir qu'elle éprouvait à la lecture, à oublier un instant la réalité en sirotant un bon verre de vin. Voilà exactement la soirée qu'il lui fallait.

Plus tard, elle prendrait un café avec Salka, évoquerait Kolbeinn et, si l'occasion se présentait, le fantôme de la fillette censé hanter ces murs.

Mais pas ce soir.

Una se réveilla en sursaut.

Elle ouvrit les yeux. Plongée dans l'obscurité, elle ne voyait rien. Incapable de se rappeler où elle se trouvait, elle avait la sensation d'être perdue, allongée sur un lit inconnu. Son corps se raidit dans un soudain accès de panique. Elle frissonna, puis comprit qu'elle avait jeté sa couette par terre dans son sommeil. Il faisait un froid glacial dans la chambre. Elle se redressa doucement. Prise d'un léger vertige, elle se ressaisit rapidement et se souvint tout à coup d'où elle était.

Le village de Skálar, sur la péninsule de Langanes. Seule, abandonnée dans son petit appartement sous les combles.

Et elle savait ce qui l'avait réveillée. Enfin, elle croyait savoir… Avec ses sens encore engourdis, difficile de distinguer le rêve de la réalité. Elle avait entendu du bruit, un étrange son. Tandis que sa conscience s'éclaircissait, la peau de ses bras se couvrit de chair de poule.

Une fillette, oui, c'était ça, à présent cela lui revenait très nettement : une petite fille qui chantait une berceuse.

N'y tenant plus, elle s'extirpa du lit, tâtonna dans les ténèbres à la recherche de l'interrupteur du plafonnier.

Complètement aveugle, elle pesta de ne pas avoir de lampe de chevet. Pourtant, elle hésitait encore à allumer ; l'obscurité avait quelque chose de sécurisant.

La voix de la petite fille résonna de nouveau dans sa tête, fredonnant cette berceuse qui ne lui laissait qu'un souvenir flou. Il devait s'agir d'un rêve, bien sûr, mais cela lui avait semblé si réel.

Un grand fracas déchira le silence. Retenant un cri, elle perdit l'équilibre. Bon sang, que se passait-il ? Envahie d'une vive douleur, elle comprit qu'elle avait marché sur le verre de vin rouge abandonné par terre la veille au soir. Elle passa la main sous son pied ; un tesson s'était fiché dans sa peau, et un filet de sang chaud s'échappait de la plaie. Elle tira prudemment sur le bout de verre en serrant les dents.

Avec la plus grande difficulté, elle se releva, tendit la main vers l'interrupteur et alluma. Elle jeta un rapide coup d'œil dans la pièce, comme si elle s'attendait à voir quelqu'un, tout en s'efforçant de se convaincre que tout cela était le fruit de son imagination, qu'elle n'avait pas vraiment entendu de voix, qu'elle avait rêvé cette berceuse.

Elle rejoignit son lit d'un pas chancelant, s'assit, leva la jambe et observa sa blessure. Dieu merci, elle n'était pas aussi profonde que ce qu'elle avait cru.

Elle était seule dans sa chambre. Son cœur retrouva peu à peu un rythme normal.

La berceuse lui revint d'un coup :

Douce nuit petite Thrá,
Que tes rêves soient beaux.

Le frisson d'horreur qui la saisit alors était bel et bien réel.

La nuit avait été longue.

Una s'était réveillée en sursaut dans la pénombre, persuadée d'avoir entendu une petite fille chanter une comptine. Il devait être environ trois heures, et dans la panique elle avait marché sur son verre de vin et s'était coupée. Après l'avoir désinfectée, elle avait simplement pansé sa blessure, peu profonde malgré d'abondants saignements au début. À Reykjavík, elle aurait peut-être été tentée de filer aux urgences, mais ici il n'y avait pas de médecin, et elle n'avait aucune envie de se précipiter vers le village voisin en pleine nuit, de s'infliger une longue route à travers les ténèbres pour s'entendre dire qu'un simple bandage suffisait. Elle avait en revanche mis du temps à se rendormir, en laissant la lumière allumée par crainte de ce que l'obscurité pouvait receler. À l'aube, l'épuisement avait finalement eu raison de sa peur, et elle n'avait repris conscience qu'à presque onze heures, ce qui était inhabituel pour elle. Heureusement, c'était un samedi matin.

Allongée sur son lit, elle contemplait la timide lueur qui s'infiltrait à travers les rideaux, ce prétendu jour qui disparaissait si rapidement en cette saison. La comptine résonnait toujours dans sa tête, du moins les premières notes.

Le soleil levé, les événements de la nuit avaient pris une tout autre teinte, pourtant Una était toujours en proie à l'incertitude. La voix de la fillette lui avait semblé si réelle, et elle n'avait jamais entendu ces quelques vers. Son esprit ne s'improvisait tout de même pas poète pendant qu'elle dormait !

Juste après les histoires de maison hantée de Kolbeinn, voilà qu'elle se mettait à entendre des voix.

Nom de Dieu, songea-t-elle. *C'est mon imagination qui m'a joué des tours, c'est tout.*

Le moment était venu de se lever, en espérant que sa blessure cicatrise vite, et d'essayer de passer un samedi serein. Elle ne comptait pas descendre immédiatement, même si Salka avait l'habitude de cuisiner le samedi midi. Elle voulait s'offrir le luxe de ne rien faire, se laisser le temps de chasser le souvenir de cet étrange rêve. Elle n'avait même pas envie de sortir de la maison, craignant de croiser Kolbeinn.

S'extirpant du lit en prenant garde de ne pas trop appuyer sur son pied invalide, elle alla se préparer un café. Tandis qu'elle s'exécutait, la voix de la fillette continuait de résonner dans sa tête. Foutue comptine.

Assise dans la pénombre, elle s'efforçait de respirer à un rythme régulier, avec calme. Elle ne pouvait pas laisser la peur la vaincre, sinon les ténèbres l'emporteraient pour de bon. Cette peur était son pire ennemi, en dehors peut-être des policiers. La peur de l'enfermement, de perdre sa liberté, de ne plus parvenir à respirer.

Elle ne savait pas ce qui s'était passé, tout était allé si vite. Soudain, elle se retrouvait derrière les barreaux, prisonnière d'une cellule sans fenêtre, ignorant l'heure, ignorant même le jour, tout se confondait, le temps et l'espace, tandis qu'elle cherchait à revenir en arrière, à comprendre ce qui avait pu la mener à cette situation alors qu'elle était parfaitement innocente.

Ils étaient venus l'arrêter chez elle en pleine nuit, dans son petit appartement au sous-sol. Ils avaient frappé de violents coups contre la porte et, au moment où elle avait ouvert, ils l'avaient attrapée et emmenée de force, encore en chemise de nuit, à demi endormie. L'avaient menottée alors qu'elle n'opposait aucune résistance, qu'elle ne comprenait même pas ce qui était en train d'arriver.

Tout ça était lié à Hilmar et Helgi. Les policiers disaient qu'elle les avait tués.

Tuer Helgi ? L'homme qu'elle aimait ? Et ce Hilmar, qu'elle connaissait à peine ?

Elle n'avait cessé de hurler son innocence, mais les policiers n'en faisaient qu'à leur tête. Ils affirmaient qu'elle avait pris part au meurtre et qu'elle avait dissimulé les corps au cœur d'une crevasse dans un champ de lave.

Ils se montraient particulièrement persuasifs, mais elle ne devait surtout pas céder à la pression. Elle savait qu'elle était innocente. Jamais on ne lui ferait avouer cet horrible crime avec lequel elle n'avait rien à voir.

Elle avait froid. Elle avait peur. Peur de cet enfermement, peur d'étouffer. Parfois, elle criait de toutes ses forces, mais c'était inutile. Cela ne faisait même qu'empirer la situation.

Recroquevillée dans un coin, plongée dans l'obscurité, elle laissait le temps passer, s'efforçait d'ignorer ces murs qui se resserraient autour d'elle, ces hommes qui voulaient la priver de sa liberté. Elle était encore vivante, encore jeune, elle résisterait.

Tout ça n'était qu'un terrible malentendu. Restait à savoir combien de temps la police mettrait à s'en rendre compte.

La lumière attira l'attention d'Una.

Aucun doute : les phares d'une voiture venaient d'éclairer le salon où elle était assise avec Salka.

À bientôt dix-huit heures ce samedi, le soleil s'était couché. Noël approchait de plus en plus vite : le lendemain aurait lieu dans l'église la cérémonie qu'Una avait préparée de son mieux, avec le soutien fidèle de Gudrún. En fait, cette dernière avait assuré l'essentiel du travail : le choix des chansons, les répétitions avec les deux fillettes, la sélection des contes de Noël à lire à voix haute, les tartes pour aller avec le café, la décoration.

On voyait très rarement des phares le soir venu dans le village. Les gens se déplaçaient à pied, et peu quittaient le hameau, surtout à cette période de l'année, encore moins la veille de la cérémonie de Noël.

Toutes les deux se tournèrent vers la fenêtre.

– Quelqu'un attend de la visite ? fit Salka.

La question aurait surpris Una au début de son séjour à Skálar, mais elle avait désormais compris qu'ici, on savait tout sur tout le monde. Aucun secret ne pouvait perdurer.

Le grondement du moteur se rapprocha, de plus en plus distinct, puis il s'arrêta net.

– C'est chez nous ? demanda Una.

– Non, impossible.

Elles se turent. Après un bref instant, on frappa.

Dans un même élan, elles se levèrent. Una hésita une seconde tandis que la propriétaire des lieux allait ouvrir, puis elle lui emboîta le pas pour voir qui était là.

Un homme d'une trentaine d'années se tenait sur le seuil, les cheveux courts, presque rasés, vêtu d'un jean et d'un haut blanc sous une veste en cuir. Il resta d'abord muet, regarda Salka avant de se tourner brièvement vers Una. Par réflexe, elle baissa les yeux.

– Excusez-moi de vous déranger, dit-il poliment. J'espère être au bon endroit : Skálar ?

– C'est bien ça, répondit Salka plutôt sèchement.

– Je cherche une femme de ma connaissance qui habite ici. Elle s'appelle Hjördís. Je visite Langanes, et j'espérais pouvoir loger chez elle ce soir. J'ai frappé à la première porte venue, comme il y avait de la lumière à la fenêtre…

– Désolée, ce n'est pas la bonne maison, fit Salka en jetant un regard à Una.

– Non, bien sûr… Peut-être que je, euh…

– Il faut remonter la côte à la sortie du village. Vous apercevrez sa ferme, elle ne peut pas vous échapper. Vous pourrez aussi rejoindre la nationale à partir de ce point si vous le voulez.

Si vous changez d'avis et préférez loger ailleurs que chez nous, semblait-elle dire entre les lignes.

– Merci beaucoup, répondit-il avec un sourire timide, la voix légèrement tremblante.

Salka le salua et referma la porte.

– Bizarre, souffla Una.

– Je vais prévenir Hjördís.

Salka se dirigea vers le téléphone. La suivant du regard, Una attendit. Elle aurait peut-être dû s'éclipser, mais la curiosité était plus forte. Hjördís mit un long moment à répondre.

– Salut, c'est Salka. Je voulais te dire qu'un inconnu a frappé chez moi à l'instant.

Elle insista sur le mot *inconnu*, comme pour souligner le fait que les étrangers n'étaient pas particulièrement les bienvenus dans ce village.

– Il disait te connaître. Il cherche un abri pour la nuit. Il est en voiture, bien sûr, il devrait arriver sous peu chez toi, il vient juste de repartir.

Silence.

– Non, je ne lui ai pas demandé son nom... Oui, oui... Je ne sais pas, il ne m'a pas expliqué.

Salka lui dit au revoir et raccrocha.

– Bizarre, répéta Una.

– Tu dois avoir l'impression qu'on rejette les gens de l'extérieur, fit Salka avant d'éclater d'un rire artificiel. C'est juste que nous n'avons pas l'habitude de voir du monde débarquer à l'improviste en plein hiver. Notre bon vieux village n'est pas exactement sur le bord de la route, on n'atterrit pas ici par hasard à cette période de l'année. L'été, il y a un peu plus de vie dans la région, il arrive que des touristes arrivent jusqu'à nous, surtout des Islandais qui veulent visiter ce coin perdu, voir les restes du campement américain, les vestiges de la guerre. Un bon moyen pour nous de renflouer les caisses.

Una hocha la tête avant de revenir au sujet qui l'intéressait – le mystérieux inconnu.

– Tu crois vraiment qu'il visitait Langanes en plein décembre ?

Salka hésita avant de répondre :

– On est bien obligées de le croire, non ? Les gens ont toutes sortes de lubies. Mais il faut se montrer prudents pendant l'hiver, on ne peut compter sur aucune aide extérieure, à part peut-être de Thórshöfn. Cet homme doit avoir le goût de l'aventure, c'est tout.

– Eh bien, il pourra toujours assister à la cérémonie de demain, fit Una avec nonchalance.

– Je ne pense pas, non. C'est un événement plutôt privé, on reste entre nous. Comment se passent les préparatifs, d'ailleurs ?

– Tout va bien. Gudrún m'a beaucoup aidée, comme tu le sais. Elle a de l'énergie à revendre.

– Méfie-toi de Gunna, elle a tendance à s'imposer. Elle veut tout diriger. Il faut savoir lui fixer des limites.

– Ce n'est pas déplaisant d'avoir un coup de main. Je suis certaine que ce sera une très belle cérémonie.

Le téléphone se mit à sonner.

– Peut-être Hjördís ? suggéra Una.

Elle laissa Salka répondre. Celle-ci secoua la tête.

– Oui, elle est ici. Je lui transmets le message. À plus tard.

Elle raccrocha puis, adressant un sourire compatissant à Una :

– C'était Gunna. Elle veut que tu la rejoignes à l'église immédiatement. Il reste des tas de choses à faire pour demain.

Salka avait cuisiné de l'églefin pour le dîner. Una se joignait régulièrement à elle et sa fille pour manger, en échange de quoi elle leur faisait parfois des courses. Elle prenait cependant toujours garde d'avoir quelque chose sous la main dans son réfrigérateur, au cas où elle préférerait rester seule.

Elle avait passé deux heures à l'église à observer Gudrún, plongée dans les préparatifs de la cérémonie de Noël. Elle-même ne faisait plus grand-chose, bien qu'ayant officiellement la charge d'organiser la soirée. Gudrún avait purement et simplement pris les rênes, mais pour une raison ou une autre, elle aimait garder Una à portée de main. Peut-être pour avoir quelqu'un à blâmer en cas d'imprévu.

Una sourit à cette idée. Qu'est-ce qui pouvait mal tourner lors d'une fête de Noël dans ce hameau perdu au milieu de nulle part ? Certes, c'était l'un des rares événements de l'année, mais il n'avait rien de bien complexe.

D'humeur bavarde ce soir-là, elle se joignit à Salka pour le dîner. Absente, la petite Edda rendait probablement visite à un voisin, comme d'habitude – elle n'était presque jamais à la maison. L'occasion pour Una d'entamer la discussion qu'elle n'avait cessé de remettre à plus tard, au sujet de Kolbeinn et de ce fantôme censé hanter les combles.

– Tout est prêt pour demain ? demanda Salka en lui versant un verre d'eau.

Elle ne servait jamais d'alcool avec les repas. Una s'assurait toujours d'avoir un peu de vin rouge et de Campari là-haut, pour se détendre, notamment lorsque de vieux souvenirs remontaient à la surface.

– Oui, je crois, répondit-elle. Gudrún sait ce qu'elle fait. Ce sera très charmant, j'en suis sûre. J'aimerais juste qu'il neige, cela nous mettrait dans l'ambiance.

– C'est peu probable.

– Merci pour ce repas, ça a l'air délicieux.

Elle était reconnaissante envers Salka pour son soutien au quotidien et surtout pour son accueil si chaleureux. Elle avait grand besoin d'une amie.

– Tu n'as pas encore goûté, économise tes compliments, répliqua celle-ci d'un ton malicieux.

Una avala une bouchée. Le poisson était un peu trop cuit à son goût, mais elle ne le dit pas.

– Dis-moi, Kolbeinn..., commença-t-elle sans préambule.

Salka leva les yeux.

– Oui ?

– Tu le connais bien ?

– Pourquoi ? fit Salka, l'air suspicieux.

– Je me demandais simplement... comment ça se passait entre sa femme et lui.

Devant l'expression perplexe de son interlocutrice, Una poursuivit :

– Il est venu me voir l'autre jour. Au sujet de Kolbrún.

– Je vois... Elle te pose problème ?

– Non, non, pas du tout. Il voulait juste me parler d'elle de manière générale. Mais ensuite... il...

Salka hocha la tête, compréhensive.

– Il peut se montrer... un peu intrusif, parfois.

– J'ai eu l'impression qu'il me draguait. Je ne suis pas sûre mais...

Salka l'interrompit :

– Oh, tu peux en être sûre. Ce n'est pas la première fois, et sans doute pas la dernière.

– Ah bon ? Il y a eu d'autres incidents ?

– Oh que oui, acquiesça Salka avant de se mordre la lèvre inférieure.

Sentant comme une tension dans l'air, Una patienta.

– Il m'a fait le même coup, admit enfin la jeune femme. Je venais d'emménager. Ça n'a pas traîné. Je crois qu'il a même été encore plus rapide qu'avec toi.

– C'est un peu osé, de la part d'un homme marié dans un si petit village.

– Je crois qu'il s'en fiche.

– Et comment a-t-il réagi quand tu lui as dit non ? Est-ce qu'il a retenté sa chance plus tard ?

Silence.

– Je n'ai pas dit non. J'étais seule, et il n'y a pas beaucoup d'hommes séduisants ici...

– Tu savais qu'il était marié ?

– Oui, oui, répondit Salka sans rougir. Pour moi, c'était son problème, pas le mien. Ça te semble peut-être cynique, mais c'est comme ça. Enfin, par pitié, ne raconte ça à personne. Je te fais confiance.

– Non, bien entendu, répondit Una, sans savoir quoi ajouter.

– Il m'a dit que sa femme ne se gênait pas pour

aller voir ailleurs, que leur mariage n'était qu'une façade. Qu'est-ce que j'en sais, moi ?

– Et comment... quand cela s'est-il terminé ?

– Ça n'a duré que quelques mois. Nous avons fini par nous lasser, l'un comme l'autre. Ou peut-être que je me suis simplement ressaisie. C'était assez désagréable de se dire que sa femme vivait quasiment à côté.

Una ne s'était pas attendue à une telle révélation. Chacun avait ses secrets. Elle décida finalement de changer de sujet avant que le silence ne devienne trop gênant.

– J'ai aussi entendu des rumeurs intéressantes sur cette maison. Des histoires de fantômes... ?

Une expression étrange se dessina sur le visage de Salka, et Una eut la sensation de se heurter à un tabou.

– Je ne voulais pas t'en parler, balbutia la jeune femme. J'essaie d'éviter d'alimenter ces récits, particulièrement dans la mesure où... eh bien, où tu habites les combles. Ils semblent surtout concerner cette partie de la maison. Tu as été témoin de quelque chose... d'inhabituel ?

– J'aurais dû l'être... ? demanda Una, sentant la peur la gagner.

Se raconter des histoires de fantômes pour rire était une chose, mais Salka semblait véritablement y croire.

– Ça dépend à qui tu demandes, Una.

– J'ai fait des cauchemars une nuit. Mais Kolbeinn venait de me raconter ces rumeurs.

– Foutu Kolbeinn, il ne sait pas la fermer ! répliqua Salka d'un ton vif.

– J'ai entendu, ou du moins j'ai cru entendre une

petite fille chanter, réciter une comptine. Je me suis réveillée avec cette mélodie dans la tête, et pour tout t'avouer je ne faisais pas la fière. Ça me semblait si réel. Ce n'était sans doute qu'un mauvais tour de mon imagination.

Elle n'en était pas du tout certaine, mais le fait de le prétendre la rassérénait.

– Oui..., fit simplement Salka sans plus s'étendre.

Una n'avait pas vraiment envie d'insister, de lui demander si elle avait déjà reçu d'autres témoignages de ce type. Après un bref silence, Salka poursuivit :

– On m'a raconté à peu près la même chose, j'avais entendu des histoires avant d'emménager ici ; comme je te l'ai dit, la maison appartenait à ma famille. La fillette est morte en 1927, et sa chambre était sous les combles. À vrai dire... là où se trouve la tienne.

La comptine résonna de nouveau dans la tête d'Una :

Douce nuit petite Thrá,
Que tes rêves soient beaux.

Elle essaya de chasser cette mélodie de sa mémoire, de se concentrer sur Salka, mais la petite voix ne cessait de gagner en puissance, toujours plus forte, jusqu'à ce qu'Una doive purement et simplement se lever pour parvenir à la faire taire.

Tu aurais peut-être pu me prévenir, songea-t-elle, rechignant toutefois à faire ce reproche à voix haute.

– Que... quel genre d'histoires ? Des gens qui la voyaient, qui l'entendaient ?

– Je ne sais pas trop sur quel témoignage m'appuyer, répondit Salka. Il y en a de toutes sortes. L'un d'eux, qu'on m'a souvent raconté, est celui d'une femme qui a vécu là-haut le temps d'un été. Tout se passait bien, jusqu'à ce qu'elle se réveille une nuit, alors que dehors le ciel était encore clair, et qu'elle aperçoive au bout de son lit la fillette qui la fixait du regard, habillée en blanc comme d'habitude. La femme s'est mise à hurler, elle a dévalé l'escalier et s'est enfuie. Elle n'a plus jamais remis un pied dans la maison.

Salka sourit enfin, comme pour alléger l'atmosphère.

– Bien sûr, c'est à toi de voir à quel point tu prends ce genre de ragots au sérieux.

– Je ne sais pas, répliqua Una en se forçant à rire. Je crois que ces histoires-là tendent à s'intensifier au fil du temps et à mesure qu'on les raconte. Chacun y ajoute son grain de sel.

– Sans doute. Mais il y a tellement de choses dans le monde que nous ne comprenons pas. Je suis désolée de ne pas t'en avoir parlé avant que tu arrives, c'est la seule pièce disponible dans la maison. Si tu veux vivre ailleurs, on peut sûrement s'organiser. Peut-être que Hjördís a de la place chez elle…

– Grand Dieu, non. Ça ira très bien. Au moins, je ne me sentirai pas trop seule là-haut. Elle n'a jamais fait de mal à personne, a priori ?

– Qui ça, Hjördís ?

– Non, la fillette.

– Ah ! Oui, bien sûr, excuse-moi. Je repensais à Hjördís, je me demandais comment ça s'était passé avec l'homme de tout à l'heure.

– Ce type étrange…, glissa Una.

– C'est le moins qu'on puisse dire. On ne reçoit jamais de touristes durant l'hiver. C'est à peine s'ils viennent jusqu'ici pendant l'été ! Et comme je te l'ai dit, ce sont surtout des Islandais qui veulent voir les vestiges du camp militaire.

Una acquiesça, s'apprêtant à mentionner que Thór les lui avait fait visiter avant de s'abstenir. Elle n'avait pas envie d'attirer l'attention sur leur potentielle relation.

– Je me suis un peu renseignée à ce sujet, se contenta-t-elle de répondre.

– D'abord, il y a eu une poignée de Britanniques, puis les Américains ont pris le relais jusqu'à la fin de la guerre. Ils l'appelaient Camp Greely. L'armée a construit une route et installé une station radar afin de suivre le trafic aérien. J'ai cru comprendre qu'ils comptaient même monter un aérodrome, mais que le temps leur a finalement manqué. Tu imagines ? Un aérodrome juste à côté ! Peut-être que la région serait plus peuplée aujourd'hui. Il y avait des baraquements qui s'étalaient au-dessus du village. Ils ont tous disparu, mais on peut encore voir les rues qui les reliaient, ou ce qu'il en reste. Elles étaient pavées, un sacré luxe à l'époque.

– On... On devrait peut-être appeler Hjördís pour savoir comment ça s'est passé ? l'interrompit Una, plus curieuse qu'inquiète.

Elle aurait voulu aller chez elle, et en profiter pour saluer Thór, qui ne sortait pas beaucoup. À en croire ce qu'on lui avait dit de la cérémonie de Noël, elle pouvait toutefois s'attendre à le croiser le lendemain – personne ne manquait l'événement. Une occasion rêvée pour bavarder un peu, voir où cela mènerait.

– Je ne préfère pas la déranger à cette heure-ci,

répondit Salka. On va la voir demain, on lui demandera tous les détails à ce moment-là.

– C'est vrai, j'imagine qu'elle viendra à l'église, dit Una avant d'ajouter par réflexe : Avec Thór.

Salka hocha la tête, pensive.

– Mais pardon, tu me posais une question sur la petite fille, enchaîna-t-elle. Non, elle n'a jamais fait de mal à personne. Tu n'as rien à craindre.

– Tu l'as déjà vue ?

Salka sourit.

– Juste en photo.

– Tu as une photo d'elle ?

– Oui. Elle n'est pas datée, mais elle a sans doute été prise l'année de sa mort. Tu veux la voir ?

Una acquiesça spontanément, avant de le regretter immédiatement. Peut-être valait-il mieux éviter de nourrir son imagination.

Salka se leva et se dirigea à pas lents vers la bibliothèque. Une nouvelle fois, Una admira sa sélection d'ouvrages. Elle n'avait jamais rien vu de tel, surtout pas dans le foyer de son enfance. Ses parents ne s'intéressaient pas à la littérature, ni à la culture de manière générale. Seuls quelques livres trônaient sur une étagère dans le bureau de son père. Il lui suffisait de fermer les yeux pour revoir la pièce en détail : le fauteuil noir, le bureau en bois usé, d'un brun sombre, le vieux transistor qu'elle allumait pour écouter la radio de la base militaire américaine, prenant garde de ne pas mettre le volume trop fort. Des lueurs blafardes nimbaient la pièce de mystère, et le fauteuil était si confortable. Una aimait s'y lover, les yeux fermés dans la demi-pénombre, et se laisser porter vers un monde lointain au rythme de cette musique étrangère. La seule source de lumière provenait de la vieille lampe de bureau verte que son père avait reçue en cadeau de son propre père. Dans son souvenir, Una voyait toujours le bureau baigné d'une aura verte. Il était ainsi la dernière fois qu'elle l'avait vu, et le demeurerait éternellement dans son subconscient. C'était pour cette raison qu'elle détestait le vert. Elle n'avait aucun vêtement de cette couleur et avait même jeté un pull un jour pour cette raison.

– Tiens, voilà le bouquin, fit Salka d'un ton détaché, faisant sursauter Una, perdue dans ses souvenirs. Enfin, la photo. Elle a toujours été rangée à l'intérieur, au même endroit, je n'ose pas la déplacer.

Elle ouvrit le livre, le posa sur une petite table avant de s'emparer prudemment de la photographie et de l'apporter à Una.

Sur ce vieux cliché jauni aux contours élimés, on apercevait la maison, prise depuis la rue. La lumière de la salle à manger, où elles se trouvaient en ce moment, était allumée. La demeure n'avait pas changé depuis toutes ces années. La fillette se tenait sur le perron, vêtue d'une robe blanche, ou tout au moins de couleur claire – la photo était évidemment en noir et blanc. Le visage encadré de cheveux blonds, elle regardait droit vers l'objectif, presque droit dans les yeux d'Una et Salka.

Le moment était venu de se décider, de penser de manière logique plutôt que de laisser son imagination prendre le dessus. Était-ce la fillette aperçue dans son rêve ?

Una sourit. Quelle imbécile.

C'était évidemment une vieille photo de piètre qualité, on pouvait y voir ce qu'on voulait. L'image floue d'une fillette en robe blanche. Pour un peu, il aurait pu s'agir de la petite Edda.

Et bien sûr, tout ça n'avait été qu'un rêve, rien de plus.

Un simple rêve.

La vieille église brillait de mille feux lorsque Una y pénétra en frissonnant.

Cette année, le dernier dimanche avant Noël tombait le 22 décembre, deux jours seulement avant le réveillon. Dehors, la température avait chuté d'un seul coup, heureusement sans vent. Dans la pénombre environnante, il émanait de l'église une aura toute solennelle. Avec ses fenêtres illuminées de bougies, elle rappelait à Una la miniature que sa mère sortait toujours au moment des fêtes, simple et blanche, et dans laquelle on pouvait glisser une ampoule afin qu'elle scintille tout le mois de décembre. Petite, elle adorait cet ornement, avait toujours hâte que la saison approche afin de courir le chercher dans le garage, où il était rangé dans un carton sur une étagère. L'installation de l'ampoule faisait l'objet d'une modeste cérémonie familiale. Au fil du temps, le souvenir avait gagné en intensité, et la lueur émise par l'ampoule était sans doute plus vive dans sa mémoire qu'elle ne l'avait jamais été en réalité. Una n'avait pas revu cette église miniature depuis des années, elle ignorait si sa mère la possédait encore. Ça n'avait probablement plus d'importance.

À l'intérieur de l'édifice, la température était étonnamment douce. D'innombrables bougies brillaient, alignées derrière les fenêtres et partout où il y avait de la place pour les accueillir. Gudrún se tenait devant le retable, vêtue d'une élégante robe rouge. Apercevant Una, elle s'approcha d'elle en souriant.

– Alors, qu'en penses-tu ? demanda-t-elle avec fierté avant de poursuivre sans attendre la réponse : J'ai aussi préparé des gâteaux, tout est dans la salle du fond. Tu as apporté quelque chose ?

– C'est... C'est magnifique, dit Una, à défaut de trouver un meilleur mot.

Le décor avait assurément quelque chose de grandiose. Retirant son manteau pour le suspendre à l'entrée de l'église, elle songea que Gudrún était véritablement parvenue à convoquer la magie de Noël.

– On se croirait dans un vrai cocon. Tu aurais dû m'appeler, j'aurais pu aider. Et non, je n'ai même pas fait de gâteau, je suis désolée.

– Oh, ce n'est pas un problème, en général c'est moi qui m'en charge. Je me suis simplement dit que tu ne viendrais peut-être pas les mains vides, puisque tu étais l'organisatrice, mais ce n'est pas grave. Je suis contente de te voir.

– Merci encore de ton aide, répondit Una sans vraiment le penser.

Gudrún voulait s'attribuer les mérites de l'événement, ce n'était un secret pour personne, mais après tout, c'était légitime. Una avait fait de son mieux. Elle avait tenté de prêter assistance lors des cours de chant, sans réelle conviction. La musique n'était pas son fort. Les répétitions s'étaient déroulées sereinement, pour l'essentiel sur le temps scolaire, et Edda avait montré de grandes capacités. Avec un meilleur professeur, elle pourrait sans doute devenir une excellente chanteuse. Kolbrún était plus hésitante ; elle ne chantait pas faux, mais ne semblait pas portée sur la musique et ne s'impliquait pas vraiment. Quoi qu'il en soit, l'essentiel était de participer, et les deux fillettes feraient la joie de toute l'assemblée ce soir, avec leurs tenues accordées et leurs voix angéliques dans ce décor enchanteur.

– Tu veux aller jeter un coup d'œil à la nourriture ? proposa Gudrún. C'est ta soirée, naturellement, donc n'hésite pas à me dire s'il manque quelque chose, nous essaierons de trouver une solution.

Elle regarda la fine montre en or accrochée à son poignet et secoua la tête. À dix-sept heures trente, il était clair que rien ne pourrait être modifié. L'événement devait commencer une demi-heure plus tard.

Una la suivit dans la salle à l'arrière de l'église où, sur une table recouverte d'une nappe, elle avait disposé toutes sortes de douceurs : des beignets, un gâteau roulé, des crêpes et des petites boules à la noix de coco, ainsi qu'une assiette remplie de *laufabrauð*, pains plats traditionnels de la saison. Le tout, très appétissant, était accompagné d'un choix de boissons sucrées : soda au malt, orangeade, Coca-Cola.

– Je vais préparer du café tout à l'heure, fit Gudrún, l'air satisfait. Tu penses que ça conviendra, Una ?

– Je n'en doute pas une seconde. Tu as abattu un sacré travail.

– Oh, il faut bien s'occuper les mains. Je n'ai pas grand-chose à faire à la coopérative, et Gunnar est toujours parti à droite et à gauche. C'est ma période préférée de l'année, surtout les quelques jours qui précèdent notre petite cérémonie. Dans ces moments-là, même l'obscurité fait l'effet d'un cocon douillet, et ici elle est totale, comme tu as pu le constater, on n'a jamais installé de réverbères. C'est juste dommage qu'il ne neige presque pas. On subit tous les inconvénients de l'hiver sans bénéficier de son plus gros avantage : la neige et la lumière qui l'accompagne.

Poussant un soupir, elle ajouta :

– Enfin, on s'y habitue. On s'habitue à tout.

– Vous n'avez jamais eu envie de partir ? demanda Una, pas tellement par curiosité, plus parce qu'elle éprouvait une soudaine pitié pour cette femme, qui ne semblait pas vraiment heureuse.

– Oh, à notre âge, ça n'aurait plus de sens. Mon Gunnar va bientôt prendre sa retraite et nous sommes si… si bien installés dans notre petit coin reculé, dit-elle, une pointe de tristesse dans la voix. En plus, je ne sais pas qui s'occuperait de la cérémonie de Noël si je déménageais.

On entendit la porte de l'église s'ouvrir de l'autre côté du mur.

– Gunna ?

– Je suis au fond, mon Gunnar, lança-t-elle en réponse.

Habillé d'un costume gris un peu trop cintré, d'une chemise bleue à carreaux et d'une cravate large à rayures, l'homme ne semblait pas très à l'aise, probablement habitué à des vêtements plus confortables.

– Tu as fait du beau travail… je veux dire, vous avez fait du beau travail, se corrigea-t-il. Content de te voir, Una. Bravo à vous deux pour ces préparatifs. L'ambiance est à la fête dans tout le village.

– Tout le monde va venir ? demanda Una.

– Je pense bien ! répondit Gudrún. Personne n'a jamais manqué l'évènement. Même malades comme des chiens, ils viendraient.

– Là, tu exagères un peu, ma Gunna. Mais c'est une occasion de se rassembler, pour sûr. Nous ne le faisons pas si souvent. C'était plus festif, lorsque l'armée américaine était là. Je t'ai raconté les séances de cinéma qu'ils organisaient ?

Il arborait un air innocent, visiblement désireux de partager cette histoire une nouvelle fois.

– Oui, tu m'as raconté. C'était amusant.

– Ainsi allait la vie dans le temps, ma chère Una. Nous formions un groupe de quatre garçons, Guffi, moi et nos deux amis qui sont aujourd'hui partis. Absolument inséparables, comme des frères. On prenait soin les uns des autres. C'est pourquoi je n'aurais jamais pu imaginer travailler pour quelqu'un d'autre que Guffi. Ces liens qu'on crée dans notre jeunesse ne se rompent jamais, tu peux me croire. Enfin, j'imagine que tu sais ce que c'est.

En fait, elle l'ignorait. Elle aurait tant aimé avoir des amies aussi proches. Peut-être que les temps avaient changé, ou qu'il était plus difficile de forger de tels liens dans une grande ville. D'autre part, elle n'avait pas vraiment connu une jeunesse ordinaire, sauf dans sa petite enfance. Et finalement, peut-être qu'elle n'était pas très sociable, même si elle avait choisi de devenir enseignante.

Abandonnant le couple, elle alla s'installer au premier rang de l'église. Finalement, Gudrún n'avait plus vraiment besoin d'elle, elle aurait pu éviter de venir si tôt. Se laissant absorber par ses pensées, elle se demanda si Thór serait présent.

L'écho de la conversation du couple lui parvenait depuis l'autre pièce, mais Una s'efforça de l'ignorer, savourant la tranquillité et la chaleur qui émanait des bougies. Levant les yeux, elle contempla le tableau que Salka lui avait décrit comme un chef-d'œuvre absolu, d'où le Christ semblait sortir pour embrasser ses ouailles. Assurément, il impressionnait par sa taille et sa qualité, mais aux yeux d'Una il ne s'agissait que de cela : un beau tableau. Elle ne ressentait pas cette expérience relatée par son amie.

Elle ferma les paupières, elle soupira, profita de cet instant de répit avant le début de la cérémonie. Elle avait été nerveuse, craignant de ne pas prendre plaisir à partager ce moment avec un groupe de gens auquel elle n'appartenait pas vraiment. Mais à présent, elle était déterminée à se laisser porter par l'enthousiasme ambiant.

Elle sursauta en entendant la porte de l'église s'ouvrir. Depuis combien de temps rêvassait-elle ?

Elle aperçut Inga et Kolbeinn qui s'approchaient avec la petite Kolbrún. Cette dernière semblait avoir envie d'être ailleurs. La tête baissée et la mine renfrognée, elle portait un manteau noir par-dessus une robe claire. Kolbeinn lança un regard en coin à Una, le visage parfaitement neutre, comme s'il la voyait pour la première fois. Leurs yeux se croisèrent l'espace d'un instant, puis il se détourna pour parler à sa fille. Au même moment, Inga fixa Una avec une hostilité clairement visible. Était-elle au courant des tentatives de son mari ? Ou bien avait-elle deviné ? Si c'était le cas, pourquoi dirigeait-elle sa colère contre Una plutôt que contre lui ?

Una se concentra sur le retable, parfaitement immobile, croisant les doigts pour que la famille garde ses distances. Son vœu se réalisa ; jetant un rapide coup d'œil par-dessus son épaule, elle les vit s'asseoir deux rangs plus loin, peut-être précisément pour l'éviter.

– Bonsoir ! s'exclama Gudrún. Soyez les bienvenus. Kolbrún, tu es prête pour ta prestation ?

Una n'entendit pas la réponse. La fillette s'était probablement contentée de hocher la tête.

Se retournant discrètement, elle vit que Gunnar était lui aussi revenu pour bavarder avec Kolbeinn, pendant que les deux femmes discutaient. Leurs conversations se mélangèrent bientôt en un brouhaha apaisant, et Una se dit qu'elle était décidément toujours une étrangère dans ce village où tout le monde se connaissait. Même Salka, pourtant arrivée récemment, avait des racines ici. En dehors de Thór, Una était la seule à n'avoir aucune attache, et chaque occasion le lui rappelait.

La porte de l'église s'ouvrit à nouveau pour accueillir ce dernier, accompagné de Hjördís. Elle les reconnut à leurs voix. Son cœur s'emballa tandis qu'elle se retenait de regarder par-dessus son épaule. Fixant le sol devant elle, elle feignit de ne pas avoir remarqué leur arrivée.

– Salut Una, tu es toute seule ? demanda le jeune homme, apparu à côté d'elle.

Un sourire timide aux lèvres, il s'assit sur la chaise voisine.

– C'est... c'est vraiment très beau. Tu as dû passer beaucoup de temps à tout organiser.

Elle hésita une seconde, puis répondit :

– Oui, Gudrún et moi avons travaillé ensemble. Elle a l'habitude, c'était plus facile.

– Les filles sont prêtes ? Leur numéro était si beau l'année dernière.

– Oh oui, elles vont vous éblouir.

Hjördís se joignit à eux avant qu'Una ait le temps d'ajouter quoi que ce soit.

– Bonsoir, je vais m'asseoir avec vous. Autant profiter du premier rang. On est vraiment dans l'ambiance, en tout cas !

Tous deux portaient des tenues de fête, cependant pas aussi formelles que celles de Gunnar et Gudrún.

– L'événement de la saison ! s'exclama Una, avant de se rendre compte que son commentaire pouvait paraître condescendant, alors que ce n'était pas son intention. Je veux dire… On a fourni beaucoup d'efforts pour en faire une soirée mémorable.

Hjördís sourit.

– Il faut bien faire usage de l'église, même si on ne voit pas le pasteur très souvent.

– Au fait, pendant que j'y pense, glissa Una, cet homme qui est venu frapper chez nous hier… qui était-ce ? Il est toujours chez vous ?

– Non, il n'a passé qu'une nuit à la ferme, répondit Hjördís. C'est un vieux camarade de classe, je ne le connais pas si bien que ça. Il voulait dormir quelque part à l'œil. Il a posé mille questions auxquelles j'ai dû répondre sur l'histoire du village, l'armée américaine, tout ça. Ce n'est pas vraiment ma spécialité.

– Ça vous arrive souvent… enfin, ça t'arrive souvent de louer des chambres aux visiteurs ?

– De temps en temps, surtout l'été. Il n'y a pas d'hôtel, comme tu peux l'imaginer, mais j'ai un peu de place chez moi, et Thór loge dans la dépendance, donc les touristes ne le dérangent pas.

Elle marqua une courte pause avant de reprendre :

– Ça arrondit les fins de mois. Mais Skálar ne deviendra jamais une destination très prisée, nous sommes trop isolés de la route principale. Sans ce camp militaire, je crois que personne ne se donnerait la peine de venir.

Elle soupira.

– Una ! s'exclama Gudrún. Viens donc m'aider avec ces décorations.

Una obéit, tout en se demandant si la vieille femme avait vraiment besoin de son aide ou si le but n'était pas plutôt de la faire participer à quelque chose dans la dernière ligne droite.

Gudrún lui tendit un carton rempli de vieux ornements, des petits pères Noël et autres babioles.

– Tu pourrais aligner ça là, à l'entrée ? fit-elle en pointant du doigt une table près de la porte. J'ai complètement oublié. Ce sont des dons faits à l'église qu'on installe chaque année au même endroit.

Des décorations dont personne ne veut, se dit Una.

– Bien sûr.

Elle essaya d'arranger les petits Pères Noël de manière harmonieuse, mais nombre d'entre eux, vieux et usés, ne tenaient même pas debout. L'ensemble des figurines faisait peine à voir. Una avait pour sa part cessé depuis longtemps de décorer son logement pour Noël, et elle était plutôt heureuse que Salka ne soit pas particulièrement attachée à cette tradition – pas de paillettes ni de sapin, pas de clinquant inutile. Seule une guirlande était apparue dans la rue du village, un alignement de grosses ampoules jaunes disposées de manière maladroite devant chez Guffi.

Salka et elle n'avaient pas encore discuté du réveillon, mais Una imaginait qu'elle serait invitée à dîner en bas et qu'elle ne pourrait pas refuser, même si elle ne serait pas contre rester seule sous les combles avec un bon verre de vin rouge. Mais peut-être qu'un peu de compagnie lui ferait du bien.

– Quelqu'un peut m'aider avec la porte ?

Una reconnut immédiatement ce timbre grave et puissant. Entré discrètement, Guffi se trouvait soudain derrière elle, faisant résonner sa voix tonitruante. Elle se concentra sur les décorations, peu encline à échanger avec cet homme, encore effrayée après sa visite chez lui.

– Una, dit-il en lui tapotant brusquement l'épaule.

Se retournant, elle tomba nez à nez avec lui.

– Aidez-moi, grogna-t-il, les sourcils froncés. Tenez-moi la porte.

Dehors, elle aperçut alors une femme maigre et pâle assise sur un fauteuil roulant. Il devait s'agir de son épouse, qu'elle n'avait jamais rencontrée. Una s'exécuta et adressa un signe de tête à la femme, qui lui répondit avec un sourire. Le visage parcheminé, les joues creuses, elle avait la mine fatiguée.

Guffi poussa le fauteuil à l'intérieur, parvenant de justesse à passer à travers l'étroit cadre de la porte. Il s'arrêta derrière les bancs au fond de l'église, seul emplacement qui semblait pouvoir accueillir la chaise. Puis il disparut un instant. Un peu gênée, Una tendit la main à la femme et se présenta.

– Je sais qui vous êtes, mon amie, répondit celle-ci d'une voix faible. Moi, je m'appelle Erika.

D'après Salka, elle avait dix ans de plus que Guffi, mais elle semblait encore plus âgée.

Una attendit qu'elle ajoute quelque chose, lui pose peut-être une question, mais rien ne vint. Refusant toutefois de l'abandonner, elle resta immobile jusqu'à ce que Guffi revienne une chaise à la main et s'installe à côté de sa femme, sans dire un mot ni même accorder un regard à Una.

Celle-ci s'empressa de se réfugier dans la pièce arrière, où elle se servit une crêpe avant de s'asseoir dans un coin. Dans quoi s'était-elle lancée ? Guffi lui avait clairement dit dès le premier jour qu'elle n'était pas à sa place, et elle ne l'avait jamais autant ressenti qu'à cet instant précis. Elle grignota sa crêpe en savourant sa solitude, tentée de s'éclipser purement et simplement. Tout le monde était arrivé sauf Salka et Edda. L'inconnu ne s'était évidemment pas montré, et finalement il n'avait rien de mystérieux ni de suspect. Au fond, peut-être avait-elle espéré qu'il apporterait un peu de nouveauté et de vie au village.

Elle attendit patiemment. Elle n'était pas en train de manquer quoi que ce soit, le programme ne pouvait pas commencer sans Edda et Salka, la première devant chanter et la deuxième jouer de l'orgue.

Elle aurait pu retourner dans l'église et reprendre place à côté de Thór. Quel dommage que Gudrún soit venue l'interrompre avec ses histoires de décorations ! Una ignorait ce qu'elle aurait raconté au jeune homme, mais elle se sentait bien en sa compagnie. À vrai dire, seule la perspective de sa présence l'avait vraiment motivée à assister à cette soirée. Elle aurait sans doute l'occasion de bavarder avec lui plus tard, sans Hjördís à proximité. Una avait l'impression que celle-ci le protégeait, voire qu'elle cherchait à le contrôler ; ce n'était pas la première fois qu'elle se faisait la remarque. Pourtant, rien ne suggérait qu'ils formaient un couple.

Elle le retrouverait après le spectacle, lors du pot traditionnel. Si tout était aussi bon que la crêpe qu'elle venait de manger, les invités allaient se régaler.

Una se leva. Il allait bien falloir qu'elle se mêle aux autres. Et en retrouvant son siège, elle pourrait peut-être murmurer quelque chose d'amusant à l'oreille de Thór – s'il lui venait une idée. Par ailleurs, il semblait normal qu'elle soit assise au premier rang, après avoir enseigné aux deux fillettes pendant tout l'automne.

Trois chansons étaient prévues, toutes plus belles les unes que les autres : *Minuit, chrétiens*, *Il est né le divin enfant*, et enfin *Douce nuit, sainte nuit*.

Lorsqu'elle pénétra de nouveau dans l'église, elle tomba sur Edda et Salka. Les cheveux détachés, la petite fille était vêtue d'une jolie robe blanche très simple, ornée de paillettes qui brillaient à la lueur des bougies. Elle sourit en apercevant Una, et celle-ci eut soudain la désagréable impression d'avoir face à elle la fillette de la photographie. Un effet de son imagination provoqué par l'atmosphère hivernale, la robe blanche, les cheveux blonds. Una fut parcourue du même frisson que la nuit où elle avait rêvé d'elle et de la comptine. Elle ferma les yeux un instant, essayant de chasser cette impression. Elle les salua, elle et sa mère, en concentrant son regard sur Salka.

– Contente de vous voir, articula-t-elle avec difficulté. Vous devez avoir hâte. Ça va être une belle soirée. Une très belle soirée.

Una avait enfin repris place à côté de Thór. Par deux fois, elle avait voulu lui glisser un mot, essayé de penser à quelque chose d'intéressant, d'amusant, avant de se rétracter, redirigeant son regard vers le sol ou le retable. Thór et Hjördís restaient tous deux silencieux, peut-être n'avaient-ils plus rien à se dire.

La cérémonie de Noël, que les villageois attendaient impatiemment depuis si longtemps, démarra rapidement. Sans prévenir, Gudrún se posta devant l'assemblée et prononça un bref discours. Cette responsabilité aurait sans doute dû revenir à Una, mais personne ne lui en avait parlé. La vieille femme eut toutefois la gentillesse de la remercier pour son aide généreuse aux préparatifs.

Salka joua un beau morceau sur l'orgue avant la lecture de l'évangile de Noël, honneur qui revint à Guffi, selon la tradition. Il lut d'une voix faible et peu assurée, sans réelle conviction, comme s'il découvrait ce texte pourtant bien connu.

Puis vint enfin le chœur des enfants, ainsi que Gudrún avait présenté les deux fillettes. « Chœur » était un bien grand mot pour qualifier deux personnes, mais dans une si petite communauté, les règles différaient.

Se levant, Gudrún invita Una à la suivre. Celle-ci secoua la tête, déterminée à échapper à cette obligation, avant de céder enfin, prise de sueurs froides. Elle était habituée à prendre la parole face à une classe d'enfants, mais pas dans ce genre de célébration, et encore moins devant une assemblée de gens avec qui elle n'avait presque rien en commun et parmi lesquels elle ne se sentait pas bienvenue.

Les fillettes leur emboîtèrent le pas et montèrent sur scène. Profitant de l'occasion, Una regagna son siège non sans leur avoir au préalable adressé un sourire encourageant, auquel seule Edda répondit – comme d'habitude, Kolbrún avait la mine sombre. Le public se montrerait indulgent, les fillettes n'avaient rien à craindre ; et de toute façon, si quelque chose allait de travers, on le reprocherait probablement à Una. Après quelques fausses notes au début du premier morceau, celle-ci sentit son cœur s'emballer. Heureusement, les petites gagnèrent ensuite en confiance et leur interprétation fut accueillie chaleureusement. Le chant suivant se déroula à la perfection et fut l'objet d'applaudissements encore plus enthousiastes. Cette fois, même la petite Kolbrún souriait, à l'instar d'Edda et de sa mère qui les accompagnait à l'orgue avec brio. Peut-être avait-elle simplement besoin de reconnaissance pour donner le meilleur d'elle-même. Repensant à sa rencontre avec Kolbeinn, Una se dit que la fillette ne devait pas souvent être témoin de preuves d'amour entre ses parents, et elle ressentit une soudaine pitié pour elle.

Le spectacle atteignit son apogée lorsque Salka joua

les premières notes du dernier morceau, *Douce nuit, sainte nuit*. La tête haute et le visage fier, les filles entonnèrent la mélodie d'une seule voix, tels des anges dans leurs robes blanches. Noël semblait déjà là, dans cette petite église éclairée simplement par les lueurs vacillantes des bougies. Le public retenait son souffle pour ne surtout pas perturber le chant céleste des enfants.

Una concentrait son attention sur Edda. Jamais elle n'aurait voulu donner de préférence à l'une de ses deux élèves, mais le fait est qu'elle avait noué des liens plus forts avec elle et nourrissait à son égard de grands espoirs, tandis qu'elle ne parvenait pas à réellement communiquer avec Kolbrún.

L'air fatigué, Edda maîtrisait cependant parfaitement son chant.

Douce nuit, sainte nuit
Dans les cieux, l'astre luit…

La fillette s'arrêta brusquement, leva les yeux et fixa son regard sur Una. Elle semblait sur le point de perdre l'équilibre.

Kolbrún poursuivit un instant toute seule avant de s'interrompre à son tour et de se tourner vers sa camarade.

L'espace d'une seconde, c'était comme si personne ne s'était rendu compte qu'il se passait quelque chose.

Puis Una bondit. Trop tard.

Edda s'était effondrée par terre devant l'autel.

Una leva brièvement les yeux sur le retable et le Christ qui observait la scène. Pour la première fois, elle eut véritablement la sensation qu'il tendait les bras vers ses ouailles, qu'il voulait sortir du tableau pour essayer de sauver la petite fille.

Poussant un hurlement, Kolbrún alla se réfugier en courant dans les bras de ses parents, pendant qu'Una regardait, impuissante, le corps inanimé d'Edda.

II

Partout autour, des voix.

Des cris.

Des appels à l'aide.

Salka avait rejoint Una d'un bond.

– Edda ? Edda ?

Elle secoua sa fille, la redressa, mais celle-ci demeurait inconsciente.

– Edda ?! cria Salka encore plus fort.

S'approchant d'elles, Guffi prit la fillette dans ses bras avec douceur.

– Il faut l'emmener dehors, elle a besoin d'air frais. Il fait beaucoup trop chaud là-dedans, avec ces satanées bougies.

– Que se passe-t-il ? Edda, ma chérie, tu m'entends... ? balbutia Salka, le désespoir perçant dans sa voix.

Una restait muette, rongée par le besoin de faire quelque chose, d'aider l'enfant d'une manière ou d'une autre, même si elle ignorait de quoi celle-ci souffrait. Elle avait bien quelques connaissances après ses études de médecine, mais celles-ci étaient plus théoriques que pratiques. Confrontée à une situation réelle, elle parvenait à peine à bouger, comme pétrifiée tandis que ses yeux suivaient l'agitation autour d'elle.

Son esprit tournait à toute vitesse, assailli de vieux souvenirs de Noël, des images qu'elle avait tenté d'oublier, alors qu'elle continuait d'observer la scène, impuissante.

Seul Guffi semblait capable d'agir. Elle avait beau ne pas l'aimer du tout, à cet instant elle lui faisait une entière confiance. Si quelqu'un pouvait faire quelque chose, c'était bien lui.

De près, on aurait dit que le visage de la petite Edda avait légèrement jauni ; peut-être Una rêvait-elle, ou bien était-ce l'effet des lueurs fantomatiques projetées par les bougies.

La fillette dans ses bras, Guffi se dirigea d'un pas hâtif quoique prudent vers la porte de l'église, que Kolbeinn lui tenait ouverte. Peu à peu, l'assemblée se dispersa et tout le monde sortit, sauf l'épouse de Guffi sur son fauteuil roulant, que tous avaient oubliée dans le chaos.

– Allonge-la ici ! indiqua Kolbeinn.

Guffi s'exécuta et ils se penchèrent sur la fillette.

– Elle respire, mais très faiblement, dit le vieil homme.

– Dieu merci, lança la voix d'Inga derrière Una.

Jetant un coup d'œil par-dessus son épaule, elle aperçut un peu plus loin Salka, paralysée, qui fixait sa fille sans prononcer un mot.

– Edda ? Ma petite Edda ? asséna Guffi d'une voix autoritaire mais bienveillante en la secouant doucement. Regarde sa peau, elle a une drôle de couleur, ajouta-t-il à l'intention de Kolbeinn. Je ne comprends pas ce qu'elle a.

Le foie, pensa Una. *Ce doit être quelque chose en rapport avec son foie.* Mais elle ne dit rien. Elle savait juste que la fillette devait consulter un médecin au plus vite.

– Papa, qu'est-ce qu'elle a, Edda ? demanda soudain Kolbrún, apparue à côté de son père.

– Va voir maman, ma chérie. Tout va bien ? Comment tu te sens ?

– Oui, tout va bien, répondit-elle.

Personne ne semblait se formaliser du froid mordant en voyant la fillette étendue là dans sa robe blanche. La chaleur des bougies et l'esprit de Noël étaient si lointains à présent. Frissonnant, Una ne pouvait s'empêcher de repenser au vieux cliché que Salka lui avait montré.

– Il faut l'emmener voir un médecin, dit Kolbeinn.

Hochant la tête, Guffi reprit la fillette toujours inconsciente dans ses bras.

– Kolbeinn, je te laisse conduire. Avec un peu de chance, le médecin est chez lui à Thórshöfn.

– Je vais chercher ma voiture. Inga, viens avec moi, tu vas appeler pour prévenir de notre arrivée. Qu'on soit certains qu'il est bien là.

– Je vous accompagne ! s'écria soudain Salka, les joues baignées de larmes.

– Bien sûr, bien sûr, ma Salka, dit Guffi.

– Qu'est-ce qui lui arrive ? Qu'est-ce qui arrive à mon bébé ? balbutia-t-elle, la voix étouffée par un sanglot.

– Tout ira bien, Salka, lui répondit Guffi. Je suis sûr que ce n'est rien.

Mais son ton manquait terriblement de conviction.

Par moments, Una s'était sentie spectatrice d'un film plutôt que témoin d'un drame. Les événements ayant suivi l'évanouissement de la petite Edda lui avaient semblé si irréels. Personne ne comprenait de quoi souffrait la pauvre enfant.

Kolbeinn, Guffi et Salka étaient à présent en route pour Thórshöfn, où habitait le médecin, ou bien pour l'hôpital le plus proche si Inga n'était pas parvenue à le joindre. La fillette n'avait toujours pas repris conscience au moment de leur départ. Lorsque la voiture eut disparu dans les ténèbres, les villageois restèrent un instant interdits, puis Gudrún prit la parole. Après de longues années de vie avec Gunnar, nul doute qu'elle avait appris à maîtriser l'art de combler le silence.

– On ne peut rien faire. Il ne nous reste plus qu'à prier Dieu qu'elle se remette. Guffi va sûrement nous appeler dès qu'ils seront arrivés. Si vous voulez attendre dans l'église, vous êtes évidemment les bienvenus.

Elle embrassa le groupe du regard. Visiblement, personne n'en avait envie.

– Sinon, Gunnar et moi allons simplement tout ranger, éteindre les bougies et mettre la nourriture au frais.

Baissant la tête, elle pénétra dans l'église, suivie de près par son mari – comme d'habitude.

Una jeta un regard autour d'elle et croisa une fraction de seconde celui de Thór, qui baissa immédiatement les yeux et s'éloigna avec Hjördís en direction de la ferme.

Cette fois, elle avait vraiment la sensation d'être seule au monde. Mais ce n'était pas le moment de s'apitoyer sur son sort, elle devait se concentrer sur Salka et Edda. Se ressaisissant, elle décida de rentrer chez elle.

Chez elle…

Peut-être que les mots étaient mal choisis pour parler de ce petit appartement sous les combles, mais c'était en tout cas son unique refuge. Elle s'y était forgé un nid douillet, malgré le peu d'effets personnels qu'elle avait emportés de Reykjavík. Lorsqu'elle était là-haut, Salka lui laissait son indépendance, ne venant que rarement frapper à sa porte. Il arrivait à Edda de monter lui poser une question, et parfois elles avaient joué aux échecs ensemble, mais la plupart du temps, c'était un asile de paix pour Una, peut-être même le symbole de sa solitude.

Arrivée à hauteur de la grande demeure, elle remarqua le silence. Ce silence total qui semblait envelopper le village entier, rappeler sans cesse à quel point il était éloigné de toute véritable civilisation. C'était ici qu'une poignée d'individus s'étaient mis en tête de passer leur vie, ou tout au moins une partie, et peut-être que ce qui les unissait était justement ce désir de solitude surpassant tout. Certes, Una discernait le murmure de la mer, mais elle n'en tenait plus compte depuis longtemps. Ce souffle constant du ressac ne suffisait pas à combler le silence, il ne faisait au contraire qu'amplifier l'écho de ses pensées.

La porte n'était pas fermée à clé – elle ne l'était jamais.

Personne ne viendra nous cambrioler, avait un jour dit Salka, *donc j'aime autant laisser ouvert pour que les esprits puissent trouver la sortie.*

Elle avait souri, et la petite Edda avait demandé : *Quels esprits ?*

Una n'était alors pas au courant des histoires de fantômes, et même à présent, ce qu'elle en savait demeurait fragmentaire. À la première occasion, elle se renseignerait sur cette fillette décédée. Pour l'instant, les images se mêlaient en un tout confus dans sa tête : la photo de la petite fille en blanc et le souvenir d'Edda dans l'église, de son regard distant avant qu'elle ne perde connaissance.

Una alluma la lumière du hall d'entrée. S'apprêtant à monter, elle hésita. Elle rejoignit le salon de Salka, y pénétra comme si c'était la première fois. Tendant le bras vers le livre contenant le vieux cliché, elle se ravisa à la dernière seconde. Ce n'était pas le moment.

Elle se dirigea alors vers la chambre d'Edda, alluma le plafonnier, jeta un œil autour d'elle. Elle y était déjà venue quelques fois pour bavarder ou jouer un peu avec la fillette. Et maintenant, elle ignorait si celle-ci était même encore en vie. Elle éteignit, referma la porte et se rendit d'un pas prudent dans la chambre de Salka. Elle n'y était jamais entrée, et ne savait pas vraiment pourquoi elle le faisait – peut-être simplement par curiosité, elle n'avait jamais eu la maison pour elle seule en sachant que Salka était loin. La pièce était chaleureuse, petite et douillette, exactement comme doit l'être une chambre à coucher. Una s'y serait mieux sentie que sous les combles, et pendant une seconde elle songea à dormir en bas cette nuit. Pas par peur de ces histoires fantaisistes de fantômes, mais…

Elle devait poser la question à sa mère, s'assurer que la comptine de son rêve n'était qu'une réminiscence de son enfance et pas un message de l'au-delà. C'était forcément le cas, même si elle ne s'en souvenait pas. Ces choses-là restaient souvent stockées quelque part dans le subconscient.

Una respira l'air de la chambre, légèrement imprégné du parfum de Salka. Le lit était soigneusement fait. Elle pourrait s'y allonger et y dormir une nuit, elle serait en sécurité. Personne ne pourrait l'atteindre.

Éloignant ces pensées, elle prit son courage à deux mains et fit un pas en arrière pour quitter la pièce avant de s'arrêter. Elle devait l'admettre.

Elle était terrifiée.

Terrifiée par la nuit à venir, terrifiée à l'idée de rester seule, abandonnée dans cette maison, dans sa vie en général.

Mais quel mal avait bien pu frapper la fillette ? La scène avait été si terrible. Une enfant en pleine santé, qui n'avait jamais manqué un jour d'école, et voilà qu'elle perdait soudain connaissance devant tout le monde. Il pouvait s'agir d'un simple malaise, mais Una avait un mauvais pressentiment. C'était autre chose. Elle n'était simplement pas sûre de pouvoir aller au bout de cette réflexion.

D'un pas lent, elle se dirigea vers les combles, laissant la lumière allumée au rez-de-chaussée. Elle n'aurait pas été capable d'affronter la nuit – pas maintenant, pas toute seule. Elle aurait tant voulu que quelqu'un lui tienne compagnie. Thór, de préférence, même s'il semblait vain d'espérer qu'il s'intéresse à elle. Quelqu'un qui pourrait la prendre dans ses bras, la rassurer, lui murmurer que tout allait s'arranger.

Accueillie là-haut par une obscurité épaisse, elle s'empressa d'allumer toutes les lampes, inspecta chaque recoin, regarda partout autour d'elle, comme elle en avait pris l'habitude depuis la fameuse nuit où elle avait entendu la comptine. Tout en se livrant à ce rituel, elle essayait de faire taire ses angoisses, de se convaincre qu'elle n'avait pas peur, qu'il n'y avait rien à craindre.

Sans grand succès. Elle demeurait convaincue qu'elle n'était pas seule la nuit.

Elle avait terminé son stock de Campari, mais il lui restait une bouteille de vin rouge pas encore ouverte. Depuis qu'elle était venue s'installer dans ce lieu reclus, elle buvait de plus en plus souvent seule le soir. À Reykjavík, elle consommait des alcools plus variés. Elle avait goûté à cet ersatz de bière que servaient les troquets de la capitale[1], mais préférait toujours le Campari ou le Martini. Dans la petite coopérative de Skálar, elle n'osait toutefois rien acheter de plus fort que du vin rouge.

L'alcool l'apaisait, l'endormait, même s'il amplifiait son désarroi, d'une certaine manière. Toutefois, les effets positifs surpassaient les négatifs.

1. La véritable bière étant restée interdite en Islande jusqu'en 1989, certains pubs servaient un mélange de bière au faible taux d'alcool (légale), de vin, de vodka et de whisky nommé *bjórlíki* (« substitut de bière »).

Elle ouvrit la fenêtre pour ne trouver que l'écho du silence et le froid qui montait de la mer. Puis elle déboucha la bouteille et se servit un verre. Elle songea à appeler sa mère, avec qui elle n'avait pas beaucoup échangé ces derniers mois. Mais pour lui dire quoi ? Qu'elle était seule et qu'elle avait peur, qu'une petite fille du village avait été envoyée à l'hôpital ?

Elle savoura une généreuse première gorgée – la meilleure –, laissa l'alcool se diffuser lentement dans ses veines. Puis elle retira son manteau et ses vêtements, enfila son pyjama et redescendit rapidement chercher un livre dans la collection de Salka.

À nouveau, l'ouvrage renfermant la photographie de la fillette l'attira, mais elle résista à la tentation, préférant fouiller dans la partie opposée de la bibliothèque, où elle trouva un vieux polar écorné d'Agatha Christie au titre très à-propos, *La Maison du péril*. Une fois remontée, elle se glissa dans son lit avec le livre, son verre et la bouteille à portée de main.

Malgré des tentatives répétées, elle peinait à se concentrer, puis peu à peu l'alcool commença à produire l'effet attendu, la fatigue s'abattit sur elle et ses paupières se firent de plus en plus lourdes. Elle laissa la lumière allumée pour ne pas avoir à affronter les ténèbres.

Dès que ses yeux se fermèrent, elle prit désagréablement conscience des bruits de la maison : le bois qui craquait, la tuyauterie du chauffage, et même son propre souffle, dont le volume lui semblait augmenter à chaque seconde, l'empêchant de trouver le sommeil. Elle se redressa et balaya la pièce d'un regard, certaine tout à coup qu'elle n'était pas seule dans la chambre.

Il n'y avait personne, évidemment.

Frissonnant, elle se leva, rejoignit la cuisine et ferma

la fenêtre avant de retourner dans son lit et de s'emmitoufler dans la couverture. Consciente qu'elle ne parviendrait pas à s'endormir tout de suite, elle reprit le livre et le verre de vin rouge et tenta à nouveau de se laisser bercer.

À seulement deux jours de Noël, toute la magie des fêtes s'était envolée. Una s'inquiétait sérieusement pour la petite Edda et sa mère. Elle essaya de leur envoyer de bonnes ondes en esprit. Elle aurait pu prier, mais ce n'était pas vraiment son genre.

Elle craignait de devoir passer Noël seule dans cette grande maison. Sa mère était partie à l'étranger avec son mari ; elle lui avait parlé de ses projets lors de leur dernier coup de téléphone. C'était sans surprise : depuis toujours elles avaient passé Noël ensemble, et cette fois sa mère avait enfin l'occasion de célébrer les fêtes dans un pays à la météo plus clémente sans craindre d'abandonner sa fille. Una aurait tout donné pour retourner dans le cocon douillet de sa famille. Mais puisque rien ne l'attendait à Reykjavík, elle avait décidé de rester ici. De laisser Noël passer.

Enfin parvenue à se détendre au bout d'un long moment, elle sentit le sommeil la gagner. Les lignes du livre se brouillèrent, et ses paupières tombèrent.

Una se réveilla tremblante de froid.

Elle avait encore dû faire tomber sa couette dans son sommeil, mais la température était étrangement basse dans la pièce. Prenant son courage à deux mains, elle se leva et alla vérifier la fenêtre, qui était bien fermée. La météo s'était-elle dégradée soudainement ?

La lumière, toujours allumée partout dans l'appartement, le resterait. Una regarda autour d'elle, sans vraiment savoir pourquoi, avant de regagner son lit à pas rapides et de se glisser, presque de se cacher, sous l'édredon. Son cœur battait si fort qu'elle avait mal à la poitrine.

Una ouvrit les yeux. Elle avait dormi à poings fermés sous la couette.

Jusqu'à ce que le son d'un piano la réveille.

Une faible et lointaine mélodie qu'elle ne reconnaissait pas. Elle tendit l'oreille, ferma les paupières. Elle était terrifiée – un mot bien faible pour décrire le tourment qui l'avait saisie.

Elle n'entendait plus rien, mais comme la fois où elle avait été réveillée par la comptine, la musique lui avait semblé terriblement réelle.

Si réelle qu'elle s'attendait à ce qu'elle reprenne d'un instant à l'autre. À ce que quelqu'un, assis devant le vieux piano du salon en bas, se remette à jouer. En plein milieu de la nuit, alors qu'Una était, ou *devait* être, seule dans la maison.

Le corps couvert de sueur froide, elle n'avait aucune envie de se lever, sauf peut-être pour s'enfuir dans les ténèbres et disparaître. Dire adieu à cette maison et au village à tout jamais.

Mais ce n'était pas raisonnable. Il fallait qu'elle affronte sa peur, ces insupportables cauchemars. Qu'elle descende dans le salon, s'assure qu'il n'y avait personne.

Salka s'exerçait souvent le soir lorsque Una était en haut, et celle-ci se rappelait parfaitement comment la mélopée du piano lui parvenait alors. Exactement le même son qu'elle venait d'entendre dans son rêve.

Fouillant dans le flou de sa mémoire, elle ne parvenait pas à replacer cette mélodie simple et jolie, qui aurait pu être l'œuvre d'un enfant. Peut-être Edda l'avait-elle jouée un jour ? Elle s'entraînait parfois sous la supervision de sa mère.

Una se leva, rassembla ses forces, inspira à fond.

Il n'y a rien à craindre, se dit-elle, d'abord en silence avant de le répéter à voix haute :

– Il n'y a rien à craindre.

Elle ouvrit la porte donnant sur le couloir. Comme dans les autres pièces, elle avait laissé les lumières allumées. Ce qui ne lui serait jamais venu à l'esprit si Salka avait été là.

Elle descendit l'escalier d'un pas lent et s'arrêta dans le hall, attentive au moindre bruit – une voix, les notes d'un piano, un son qui la tétaniserait. Il faisait froid ici aussi, mais pas autant que dans son appartement.

Le silence régnait dans la maison, seulement entrecoupé par le craquement occasionnel du bois. La météo était étonnamment clémente en ce jour de décembre, pas un murmure de vent.

Devant elle se dressait la porte menant au salon, où se trouvait le maudit instrument. Secouant la tête, Una sourit. Quelle imbécile, de se laisser ainsi déborder par la panique !

Elle ouvrit et bondit.

Quelqu'un se tenait face à elle.

Il lui fallut une demi-seconde pour se rendre compte qu'il s'agissait de son reflet dans la fenêtre, ses contours flous sur la toile tissée par la nuit.

Elle dirigea son regard vers le piano.

Personne.

Bien sûr qu'il n'y avait personne.

Mais le couvercle du clavier était ouvert.

L'était-il déjà lorsqu'elle était rentrée ?

Salka n'avait-elle pas l'habitude de le refermer après l'avoir utilisé ?

Ou bien ?

Una n'était plus sûre de rien.

Le froid resserra ses griffes sur elle, elle détourna le regard, sursauta de nouveau en apercevant son reflet sinistre dans la vitre.

Puis elle remonta en courant vers les combles.

La soirée du réveillon s'annonçait lugubre et solitaire. Il n'avait pas neigé, d'ailleurs personne ne l'avait espéré. Le village avait enfin reçu des nouvelles de l'hôpital, et Una fut probablement la dernière au courant.

La petite Edda était décédée. Sans réelle explication. C'était une enfant en pleine santé ; le seul symptôme sur lequel les médecins pouvaient s'appuyer, c'était le teint jaunâtre de sa peau, qui suggérait un trouble au niveau du foie, comme Una l'avait soupçonné. Voilà ce dont Gudrún lui avait fait part lorsqu'elle s'était rendue à la coopérative, précisément pour s'enquérir de la fillette. Salka n'était pas encore revenue, Una passerait donc Noël seule cette année.

Si elle n'avait pas pleuré, le choc n'en avait pas moins été immense. Elle ne cessait de revoir avec une précision implacable l'instant fatidique où Edda s'était évanouie sur scène. La pauvre Salka devait être anéantie, et Una craignait le moment où elles se reverraient. Qui sait si celle-ci reviendrait même au village ?

Pourrait-elle à nouveau vivre dans cette maison après une telle tragédie ?

Même Una avait du mal. Et elle n'était pas sûre de tenir encore longtemps entre ces murs. La nuit précédente, avec les lumières allumées, elle avait enfin réussi à dormir. La fillette à la robe blanche l'avait laissée en paix.

En quête de réconfort après cette semaine éprouvante, Una écouta la messe de dix-huit heures à la radio, pour la première fois depuis de nombreuses années. En outre, si elle habitait effectivement une maison hantée, avoir le Tout-Puissant à ses côtés ne pourrait pas faire de mal. Pour faire taire le silence, les craquements des murs et la pensée de ces deux petites filles mortes, elle avait laissé la radio allumée toute la journée.

Pas vraiment d'humeur festive, elle n'avait rien cuisiné de très élaboré, se contentant d'enfourner un poulet saupoudré d'un mélange aléatoire d'épices – une alternative assez plaisante après tout ce poisson – et de passer quelques pommes de terre à la poêle. Un dîner que sa mère aurait sans doute réprouvé, elle qui autrefois ne dérogeait jamais au traditionnel rôti fumé. Jusqu'à ce que tout bascule. Mais même après le drame, elle avait toujours pris soin de préparer un repas spécial.

En tout cas, le poulet n'était pas mauvais. Peut-être un peu sec, mais rien que sa dernière bouteille de vin rouge ne puisse lui faire oublier.

Una avait eu l'intention de s'approvisionner – en toute modération, bien sûr – lors de son passage à la coopérative, mais la nouvelle du décès d'Edda l'avait fait renoncer. Dans ces moments, elle regrettait la vie à la capitale, où l'on pouvait faire ses achats incognito, se fondre dans la masse sans éveiller le jugement des autres.

À vingt heures passées, après avoir bu la moitié de sa bouteille, elle fut tentée d'appeler Thór. Elle passa un long moment à contempler le téléphone, bercée par la radio, puis elle fit tourner le cadran pour composer le premier numéro, avant de raccrocher. Que penserait-il ? Et que dirait Hjördís ? Il y avait de fortes chances pour que ce soit elle qui décroche.

Mais la tentation était trop grande. Elle ne pouvait pas rester seule, pas ce soir. Pas ce foutu jour, le pire de l'année. Sa mère aurait dû le savoir. Elle ne pouvait évidemment pas pressentir l'effroyable événement qui venait de la toucher, mais même dans des circonstances normales, elle aurait dû se douter qu'Una voudrait rentrer, passer le réveillon avec elle. Oui, ce soir, elle était abandonnée de tous, seule au monde, sans Salka ni Edda pour lui tenir compagnie. Et elle avait *peur*, vraiment peur.

Il fallait qu'elle parle à quelqu'un. Le choix était limité dans ce village perdu au milieu de nulle part. Elle n'allait tout de même pas appeler Kolbeinn ou Inga. Encore moins Guffi et sa femme. Gunna et Gunnar l'accueilleraient sans doute, mais avait-elle vraiment envie de les voir ? Ils ne lui accordaient pas la moindre attention, ne s'intéressaient pas à elle, ne voulaient parler que de Skálar, du passé, de l'église, de la pêche, de ce putain de poisson et de cette putain de mer… Quant à Hjördís, elle ne la connaissait pas et n'avait jamais voulu la connaître.

Elle attrapa de nouveau le combiné puis tourna le cadran. C'était peut-être une question de vie ou de mort, tout bien réfléchi.

Un long moment passa avant que quelqu'un ne décroche. Et évidemment, ce quelqu'un n'était autre que Hjördís.

– Bonsoir, joyeux Noël ! C'est Una, lança-t-elle d'un ton vacillant.

Aurait-elle dû s'abstenir ? Devant le silence écrasant de son interlocutrice, elle comprit le message : *Qu'est-ce qui a bien pu te passer par la tête de nous déranger le soir du réveillon ?*

Elle s'empressa d'ajouter :

– Je pourrais parler à Thór ?

– Une seconde, répondit la femme d'une voix neutre.

– Salut, joyeux Noël ! s'exclama Thór amicalement. Que me vaut le plaisir ?

– Euh… je…, balbutia Una, gênée. Je me sentais un peu seule, tu vois, comme Salka n'est pas là. J'avais envie de te parler un peu. De te souhaiter de joyeuses fêtes.

– Oui, je pensais justement à toi tout à l'heure, on aurait évidemment dû t'inviter à manger. C'est une négligence de notre part. Personne ne devrait être seul le soir de Noël.

– Oh, ce n'était pas nécessaire, je me suis préparé du poulet. C'était… c'était très correct.

Thór se mit à rire et, comme par magie, Una éprouva un soudain soulagement.

– Nous avons mangé de la perdrix, je vais toujours en chasser pour Noël. Il n'y a que ça de vrai pour les fêtes. Je vais t'en apporter un morceau.

– C'est très gentil, mais je ne veux pas vous priver de votre repas.

– Il nous en reste bien assez. Je passe d'ici une dizaine de minutes, ça te va ?

Elle n'en revenait pas. Elle n'avait pas eu besoin de lui demander de venir, ce qu'elle n'aurait d'ailleurs probablement pas osé faire. Une invitation de dernière minute aurait semblé douteuse, particulièrement le soir du réveillon, alors que tout ce qu'elle voulait, c'était un peu de compagnie, une oreille attentive pour rompre sa solitude.

– Avec plaisir, répondit-elle, essayant de ne pas paraître trop exaltée. Il me reste une demi-bouteille de vin pour accompagner.

– Une demi-bouteille ? Ça ne suffira pas un soir de fête ! J'en apporte une.

L'estomac soudain noué, elle se rendit compte qu'elle avait craint non seulement d'être seule, mais aussi de ne plus avoir d'alcool sous la main.

Una se demandait quelle direction prendrait la soirée. Elle n'espérait rien d'autre qu'un bon moment en agréable compagnie.

Ils s'installèrent au rez-de-chaussée, dans le salon, parmi les vieux livres et le mobilier antique, baignés de la lumière chaude du lustre et de quelques bougies. L'appartement sous les combles étant moins accueillant, Una s'était permis de faire comme chez elle. Salka ne serait pas de retour avant un moment, et elle n'avait de toute façon pas besoin de savoir que Thór était venu.

– Quelle histoire terrible, pauvre Edda, commenta ce dernier lorsqu'ils furent assis sur le canapé, à une distance polie l'un de l'autre.

La bouteille de vin ouverte, ils avaient rempli deux des beaux verres en cristal de Salka. À Noël, il semblait dommage de ne pas les utiliser.

Una avait mis la table, se servant à son gré dans les placards de la propriétaire des lieux. Les restes de perdrix étaient aussi appétissants que généreux. Hjördís et Thór s'étaient visiblement donné du mal pour concocter leur repas de fête.

– Oui, je n'arrive pas à y croire, renchérit-elle. Personne n'a l'air de savoir de quoi elle souffrait.

– Effectivement. Tu devais commencer à bien la connaître, non ?

– Plus ou moins. Il faut généralement un peu plus de temps pour se familiariser vraiment avec les élèves, même dans une toute petite classe, fit Una avec un vague sourire. C'était une enfant talentueuse, très ouverte et enjouée.

– Une tout autre personnalité que celle de Kolbrún, j'imagine, répondit Thór.

Ne voulant pas dire du mal de la fillette, Una hésita et choisit méticuleusement ses mots :

– Oui, elle est... plus réservée. Je dois avouer que j'ai la sensation de ne pas la connaître du tout, malgré ces derniers mois passés ensemble. Tu crois que... que Salka va revenir ?

– Je ne sais pas, répondit Thór après une courte réflexion. Même si on peut encore la qualifier de nouvelle venue, c'est difficile de quitter ce village. Les gens d'ici ont une histoire et des racines communes, ils forment une petite société très soudée.

Le regard distant, il ajouta :

– C'est un peu comme s'ils n'avaient pas vraiment le droit de partir, tu vois ce que je veux dire ?

Dans une certaine mesure, elle comprenait. Elle pensa à Gudrún ; il était clair que celle-ci voulait vivre ailleurs, mais Gunnar refusait d'en entendre parler. Quant à Kolbeinn et Inga, ils envisageaient de déménager, mais concrétiseraient-ils vraiment leur projet ?

Elle hocha la tête.

– Pendant ce temps, on reste les deux marginaux,

fit-elle avec un sourire en le regardant. Les travailleurs saisonniers.

Il baissa les yeux.

– Je resterai sûrement ici plus longtemps que toi. Je n'ai pas d'autre endroit où aller.

– Qu'est-ce que tu racontes ? Tu peux travailler où bon te semble...

Elle se tut, ne voulant pas avoir l'air de lui donner des ordres ou de se mêler de ses affaires. Peut-être que quelque chose le retenait effectivement ici, une histoire avec Hjördís, une vieille flamme qu'il espérait raviver...

– Ce n'est pas si terrible, répliqua-t-il, comme pour se justifier. On en plaisante, tu vois ? La vie aux confins du monde, tout ça. Mais j'aime la tranquillité de ce lieu, son atmosphère unique. Le fait d'avoir du temps pour les choses, et la nature sauvage partout où on se tourne...

S'ensuivit un bref silence, qu'Una ne savait pas comment combler. Thór s'en chargea :

– Tu sais, j'avais envie... enfin, je rêve de me lancer un jour dans des études d'histoire.

À son ton soudain plus sérieux, elle eut la sensation qu'il n'avait pas confié ses ambitions à beaucoup de monde.

– Je pense que je consacrerai mon mémoire à l'impact de la Seconde Guerre mondiale sur cette région, sur Skálar. J'y ai un peu réfléchi, j'ai noté des événements, des anecdotes. Je passe mon temps à lire sur cette époque, sur la vie locale durant le conflit. J'ai même enregistré des entretiens avec les hommes du village sur cassettes. C'est important, de conserver ces témoignages.

Ses yeux brillaient d'une étrange lueur, Una n'aurait su dire s'il s'agissait de tristesse ou de joie. Peut-être un mélange des deux.

– Tu devrais te lancer, dit-elle. Partir à Reykjavík, t'inscrire à l'université.

Elle se rendit alors compte qu'elle ne savait même pas s'il avait fini le lycée.

– Oh, ce n'est pas aussi simple, répliqua-t-il – peut-être avait-elle deviné juste. Et puis la vie y est plus chère, il faudrait que je trouve un appartement, que je quitte mon travail…

Tout cela ressemblait à des prétextes, mais Una s'abstint de commenter.

– Peut-être plus tard, lorsque le moment sera plus propice, dit-elle simplement. Mais n'abandonne pas, promis ?

– Promis, répondit-il d'un air gêné.

Elle avala une gorgée du vin qu'il avait apporté. C'était autre chose que la piquette qu'elle achetait. Hjördís et lui avaient visiblement les moyens de s'offrir de meilleurs alcools. Goûtant ensuite un morceau de perdrix, elle feignit d'aimer.

– Délicieux… Merci d'avoir sauvé ma soirée.

Devant son sourire teinté de mélancolie, Una eut envie de changer de sujet ; parler de ses projets d'études semblait lui être douloureux.

– Dis-moi, Thór…

Il leva les yeux. Ce regard si chaleureux, et cette barbe si épaisse. Elle n'avait jamais vraiment aimé les hommes barbus, mais Thór était une belle exception.

– Je voulais te poser une question.

– Je t'écoute.

– As-tu déjà entendu des histoires de fantômes dans le coin ?

– De fantômes ? fit-il avec douceur. Je crois qu'on en a toujours raconté dans la région. Mais ce n'est pas très étonnant, dans un lieu aussi reclus. Les choses les plus innocentes peuvent revêtir une apparence surnaturelle dans la solitude et l'obscurité.

Elle força un gloussement, même si elle n'avait aucune envie de rire.

– Je ne le sais que trop bien. Je te jure, mon séjour ici n'est qu'un interminable cauchemar, lâcha-t-elle dans un soupir.

Il se rapprocha d'elle.

– Allons, ce n'est pas si terrible. Je vois très bien où tu veux en venir, Una. Tu veux me parler de cette légende sur la fillette, n'est-ce pas ?

Elle hocha la tête.

– Où as-tu entendu cette histoire ?

– C'est Kolbeinn qui me l'a racontée.

– Kolbeinn adore les histoires de fantômes, il ne faut pas se fier à lui. Il a cette vilaine habitude de tout exagérer. Et puis… il a bien d'autres défauts, d'après la rumeur.

Una acquiesça, sans s'étendre. Elle n'avait aucune envie de gâcher cette soirée délicieuse en détaillant l'incident avec Kolbeinn.

– Donc, d'après toi, ce n'est que pure fabulation ?

Thór soupira.

– Je n'en sais rien. Comme toi, j'en ai entendu parler, ce sont des ragots qui circulent facilement. Des légendes, j'en ai aussi lu plus d'une.

– Tu passes vraiment ton temps à lire.

Il rit.

– Oui, c'est assez drôle, en fait. Autrefois, je n'ouvrais jamais un bouquin. Mais je crois que c'est une bonne manière d'élargir son horizon, de devenir un homme meilleur.

– En tant que prof, ce n'est pas moi qui vais te contredire ! Mais dis-moi tout, qu'est-ce que tu as lu ?

– Je ne suis pas sûr que tu veuilles le savoir. Je ne veux pas être responsable de tes insomnies. C'est assez difficile comme ça avec ce fantôme dans ta chambre !

– Thór, ne plaisante pas avec ça, d'accord ?

– Bon, bon.

Il inspira profondément et dit :

– Eh bien, il y a la *mare*, par exemple.

– La mare ?

– Tu n'en as jamais entendu parler ? La jument, la *mare*. Elle est à l'origine du mot *cauchemar*. C'est un esprit maléfique qui piétine et écrase la poitrine des gens pendant qu'ils dorment. Une histoire affreuse circulait au sujet d'un homme qui en avait été victime à Skálar au début du siècle. Elle l'avait attaqué avec une telle force qu'il ne pouvait plus bouger.

– Il a pu s'en sortir ?

– D'après mes souvenirs, il a lancé quelques jurons, et après ça, c'était terminé.

À en juger par son expression, Thór ne donnait pas beaucoup de crédit à tout ce qui était surnaturel.

– Il y a aussi le monstre marin. Une sacrée histoire !

– Dis-moi tout.

– Une bête avec une longue queue qui a jailli de l'océan pour s'attaquer à un pauvre fermier. Heureusement, l'homme avait une hache pour se défendre.

Leur affrontement a duré toute la nuit avant que la créature n'abandonne enfin.

– Au moins, ça s'est bien terminé.

– Pas du tout, pas du tout, asséna Thór avec intensité. Car après l'incident, le fermier a attrapé la lèpre !

Il éclata de rire.

– Tu vois, on peut s'amuser de tout ça, conclut-il.

– Tu n'es pas très sensible à ces légendes, à ce que je vois ? Un peu terre à terre, peut-être ? demanda Una.

Dans un soupir, il répondit :

– Je sais d'expérience que le monde est suffisamment dangereux, suffisamment dur et injuste pour qu'on ait en plus besoin d'inventer des revenants et des monstres.

Una acquiesça. Elle aussi n'en était que trop consciente.

Elle ne se rappelait pas exactement quand elle avait commencé à visualiser les événements, à imaginer qu'elle avait été présente lors du meurtre de Hilmar et Helgi.

Hilmar, un presque inconnu, et Helgi, son petit ami.

Les policiers avaient décrit les circonstances de manière si précise, si détaillée, ils lui avaient répété avec tant d'insistance qu'elle était là, sous l'emprise de l'alcool et de la drogue. Qui avaient causé son amnésie.

À présent, elle se souvenait. Ou du moins, elle était capable de convoquer des images de la mort des deux hommes dans sa mémoire. Les policiers lui avaient dit de se rappeler, et c'était tellement plus facile de leur obéir.

Elle ne supportait plus de rester enfermée, même si elle était consciente que des aveux mèneraient à une condamnation. Elle avait avoué parce que l'incertitude était pire encore.

Mais la solitude… Dans la cellule d'isolement, les ténèbres ne ressemblaient à rien de ce qu'elle avait connu jusque-là.

Les policiers avaient mentionné des dates, lui avaient

dit où elle se trouvait, ce qu'elle avait fait, et elle avait simplement acquiescé.

Elle se rappelait être allée chez Helgi le soir venu et avoir frappé à sa porte. Elle n'avait pas la clé, leur relation ne faisait que débuter. Elle avait attendu, jeté un coup d'œil par la fenêtre puis était repartie. Ils s'étaient donné rendez-vous, mais ce n'était pas la première fois qu'il lui faisait faux bond. Voilà ce qu'elle avait raconté, et dans un premier temps on l'avait crue. Puis les policiers lui avaient rétorqué que ce n'était pas ce qui s'était passé, en tout cas pas ce jour-là, car le fameux soir elle avait pris part au meurtre de Helgi. Ainsi qu'à celui de Hilmar. Les corps avaient ensuite été abandonnés dans un champ de lave, et elle devait leur dire où. C'était la seule chose dont ces foutus flics ne semblaient pas certains.

Mais elle ne pouvait rien répondre, car elle ne se souvenait de rien – en dehors de ce qu'ils lui racontaient.

Au fond, elle doutait ; peut-être que cela s'était vraiment passé comme ça. Peut-être qu'elle avait trop bu, consommé trop de drogues, cloisonné sa mémoire. Et maintenant elle était enfermée dans cette cellule d'isolement, dans les ténèbres. Ses aveux n'avaient rien changé. Ils lui disaient que ce n'était que temporaire. Que le cauchemar serait bientôt terminé, que tout admettre, dire la vérité lui ferait le plus grand bien.

Le problème, c'est qu'elle avait toujours dit la vérité. Depuis le début. La vérité telle qu'elle la percevait. Et elle avait mis du temps à poser dessus le même regard que la police.

Mais elle se demandait encore et encore : pourquoi aurait-elle pris part au meurtre de Helgi ? Et de ce type qu'il connaissait ? Les policiers ne lui donnaient aucune réelle explication. Ils affirmaient simplement que les deux hommes avaient été pris en train de comploter contre leurs complices dans un trafic de drogue et qu'ils s'apprêtaient à les dénoncer. Helgi était loin d'être un ange, elle pouvait tout à fait le croire impliqué dans des affaires louches.

Mais qu'elle ait ne serait-ce qu'envisagé de le tuer… Ça, jamais elle ne l'aurait cru. Du moins, pas avant que la police ne l'en ait convaincue.

– Tu l'as déjà vue ? demanda Thór.

Toujours assis sur le canapé, ils avaient entamé la deuxième bouteille de vin, et Una commençait à avoir la tête qui tournait.

– Qui ? demanda-t-elle, même si elle savait très bien de qui il voulait parler.

– La fillette…

– Oui… Enfin, je ne sais pas, j'ai eu l'impression… J'ai rêvé d'elle. Et…

Il patienta, attentif.

– Elle était si réelle. D'un autre côté, je ne me rappelle plus exactement à quoi elle ressemblait. Je l'ai aussi… peut-être vue le premier soir, par la fenêtre. J'ai cru qu'il s'agissait d'Edda, mais elle m'a assuré qu'elle n'était pas réveillée quand je suis arrivée.

Malgré son embarras, Una n'avait pas envie d'arrêter de parler. Partager son trouble avec Thór, essayer de comprendre ce qui était le fruit de son imagination et où étaient les limites de la réalité, tout cela lui faisait le plus grand bien.

– J'ai aussi entendu le piano au milieu de la nuit, après qu'Edda… tu vois, lorsque je me suis retrouvée seule dans la maison. C'était assez terrifiant, je dois dire. Vraiment, vraiment terrifiant en fait.

La même angoisse rejaillit d'un coup en elle, cette certitude de n'avoir pas été seule cette nuit-là. Mais avec Thór à côté d'elle, peut-être pourrait-elle affronter sa peur, et même dormir dans son appartement.

– Elle t'a dit quelque chose ? demanda-t-il, et Una eut la sensation qu'il commençait à la croire, ne serait-ce qu'un peu.

– Elle m'a chanté une comptine. La toute première fois, c'était plus flou. J'aurais plutôt dit qu'elle m'appelait.

Aussitôt, elle regretta ses paroles, consciente que Thór lui demanderait alors plus de détails, et qu'elle ne résisterait sans doute pas à lui raconter toute l'histoire.

Peut-être était-ce l'alcool qui dominait sa raison, qui faisait tomber ses barrières. Ou peut-être avait-elle toujours eu l'intention de partager son secret avec lui, précisément ce soir-là – et aucun autre. Parce que, ainsi, elle aurait éventuellement une chance de sauver sa propre vie.

– Tu sais que… que c'est mon anniversaire ? fit Una.

Les mots flottèrent dans l'air un instant avant de se dissoudre dans le silence.

– Ton anniversaire ? Aujourd'hui ? Tu es sérieuse ?

Elle acquiesça.

– Vraiment, le jour du réveillon ?

– Oui, dit-elle avec un sourire contrit. Je suis une enfant de Noël.

– Pourquoi tu ne m'as rien dit ?

– Je ne le fête pas, répondit-elle.

– Tu ne devrais pas porter un prénom en rapport avec Noël ? N'est-ce pas la tradition, en général ? Natalía, par exemple ?

– Et non, juste Una, répliqua-t-elle avant d'ajouter, sans essayer de dissimuler l'ironie dans sa voix : Cela signifie « celle qui est heureuse ».

– Celle qui est heureuse, répéta-t-il avec douceur. Joyeux anniversaire, Una.

– Merci.

Sa mère avait appelé de l'étranger plus tôt dans la journée pour le lui souhaiter. Un appel de courte durée, en raison de la mauvaise réception et du coût élevé de la communication internationale – c'est à peine si sa mère se permettait de téléphoner vers les autres régions islandaises. Elles n'avaient de toute façon pas besoin de s'épancher, tout avait déjà été dit d'une manière ou d'une autre.

– Et tu ne fais rien pour l'occasion ?

Elle secoua la tête, puis répondit :

– Enfin… J'ai reçu cette très agréable visite.

– Si j'avais su, je serais venu avec un cadeau.

– Je n'en veux pas, je n'ai jamais fêté mon anniversaire. Et je n'aime pas beaucoup Noël non plus. Il fut un temps où c'était mon jour préféré de l'année, mais plus maintenant.

– Plus maintenant ?

Il n'avait pas laissé passer ce commentaire ; elle allait devoir lui raconter toute l'histoire.

– À cause de mon père, dit-elle après un long silence.

Thór hocha la tête sans l'interrompre.

– Il était médecin. Pas à l'hôpital ni dans un cabinet… Il ne s'intéressait pas beaucoup aux gens, aux patients, simplement à la science. Ses amis s'étaient spécialisés, ils étaient devenus assez riches, s'achetaient de grands pavillons et des Jeeps, tandis que papa a toujours vécu au même endroit. L'argent n'était pas une motivation pour lui. Il était très intelligent, mais il voulait seulement… je ne sais pas, même pas enseigner, ça l'ennuyait aussi. Comme je te l'ai dit, il ne s'intéressait pas aux gens.

Thór acquiesça de nouveau puis, devant le silence qui se prolongeait, glissa :

– Tu n'as jamais voulu étudier la médecine, toi ?

– Je l'ai fait. J'y ai perdu beaucoup trop de temps. J'ai appris, bossé comme une dingue avant de me rendre compte que je n'avais pas envie de marcher sur ses traces. Mes camarades de l'époque n'ont pas compris que je veuille arrêter en si bon chemin. Je ne suis plus en contact avec eux.

– Tu avais du potentiel, si je comprends bien ?

– D'un point de vue strictement académique, oui. Mais ça ne m'intéressait pas. Je suis finalement devenue enseignante.

– C'est bien, Una. Il faut écouter son cœur.

– Papa est mort à quarante ans, ajouta-t-elle après un bref instant. Je n'avais que treize ans.

Elle avait la sensation d'être revenue deux décennies en arrière, dans la maison où elle avait grandi, enfant unique avec deux parents aimants.

– Si jeune... Je suis navré, Una, dit Thór avec sincérité.

– Il est mort aujourd'hui, poursuivit-elle. Enfin, le jour du réveillon, tu vois. Le jour de mon anniversaire.

Une larme coula sur sa joue. S'approchant d'elle, Thór la prit prudemment dans ses bras.

– C'est affreux...

Elle ne répondit pas, se concentrant pour poursuivre son récit avant de ne plus en avoir la force.

– Il s'est suicidé.

Elle vit une expression de surprise se dessiner sur son visage.

– Le jour de ton anniversaire ?

Elle acquiesça.

– C'est toi... C'est toi qui l'as trouvé ?

– Oui. Il était assis sur son fauteuil, comme tous les soirs, devant son bureau recouvert de livres de médecine, et sa lampe verte était allumée. Il y avait du sang partout.

Elle marqua une pause, inspira profondément.

– Après ça, je n'ai plus été capable de retourner dans cette pièce. Et nous avons fini par déménager. Dans un appartement minuscule, car papa ne nous a rien laissé, à part l'emprunt de la maison.

– Et… pourquoi… ? balbutia Thór sans parvenir au bout de sa question.

– Pourquoi il a fait ça ? Je ne sais pas. Personne ne le sait. Qu'est-ce qui peut amener quelqu'un à se suicider ? Ce jour-là en particulier ? Comment peut-on faire une chose pareille à sa fille le jour de son anniversaire… la veille de Noël ? Tu ne peux pas t'imaginer combien de fois je me le suis demandé. Mais il n'a laissé aucun mot derrière lui, il… Il est simplement parti. Le pasteur vers qui on m'a dirigée pour que je me confie a mis ça sur le compte de la dépression. *Une maladie perfide*, disait-il. *Elle ne se voit pas de l'extérieur*. C'était peut-être bien ça, le problème. Mais longtemps, j'ai pensé que c'était de ma faute, ou du moins que ça devait être lié à moi, étant donné qu'il avait choisi ce jour.

– Bien sûr que non, asséna Thór.

Il n'en avait évidemment aucune idée, mais Una apprécia l'intention.

– Non, je le sais maintenant, poursuivit-elle. Ma mère et moi avons cessé d'en parler. Je lui ai posé beaucoup de questions par le passé, et elle n'avait aucune réponse à me donner. Et puis je me suis mise à penser… plus tard, à l'âge adulte… je me suis dit…

Thór restait muet, les yeux fixés sur elle et le bras toujours passé autour de ses épaules.

– Je me suis demandé si la même chose ne finirait pas par m'arriver, tu vois ? Qu'un jour ça me prenne, que je plonge dans la dépression et que… que je me tue. Je me demande parfois si c'est héréditaire.

Un lourd silence pesait sur la maison. Una pensa à la fillette qui chantait pour elle la nuit, la fillette qui essayait peut-être de l'appeler, de l'attirer à elle… vers l'éternité.

– Je crois que c'est pour ça que j'ai emménagé ici, Thór. Pour briser la routine. Ma vie à Reykjavík commençait à m'inquiéter, j'avais peur de finir par faire une grosse bêtise, un jour où je serais seule à la maison. C'est pour ça que je me suis lancée dans cette aventure. Je ne sais toujours pas si c'était une bonne ou une mauvaise idée.

La soirée était déjà bien avancée.

Una avait versé quelques larmes en buvant son verre de vin après avoir raconté son histoire à Thór, qui l'avait écoutée avec une profonde attention. Malgré l'apparence un peu bourrue que lui donnait son épaisse barbe, il n'était visiblement que bonté.

Elle n'avait pas su modérer sa consommation d'alcool ce soir-là, elle s'en rendait bien compte, mais tant pis. Après tout, c'était Noël, et son anniversaire de surcroît, elle pouvait se le permettre. Faire ressurgir ces souvenirs avait été douloureux, même si elle se sentait mieux après s'être confiée. Elle n'avait pas parlé du suicide de son père depuis longtemps.

À la suite de la tragédie, sa mère l'avait envoyée chez un psychologue pendant quelque temps. Una avait dû s'épancher, détailler cette journée terrible et ce qu'elle avait ressenti en tombant sur l'effroyable scène. Parler du vide qu'elle éprouvait, de son sentiment de rejet… Mais ces efforts n'avaient rien donné.

Ses problèmes avaient pris tellement de place qu'elle n'avait même pas songé à demander à Thór s'il était heureux, à s'enquérir de son enfance. Lorsqu'elle se décida à le faire à la fin de la soirée, ses questions semblaient superficielles, et il botta en touche.

– Il est tard, Una. Et nous avons terminé la bouteille. Regarde-moi ça, nous avons réussi à vider deux bouteilles de vin !

Il retourna l'une des deux au-dessus de son verre pour illustrer son propos. *Nous* avons réussi, avait-il dit, alors qu'en vérité, c'était elle qui en avait bu la majeure partie.

– Thór, tu ne veux pas passer la nuit ici ? demanda-t-elle, un peu embarrassée par son articulation pâteuse. Il est tard, comme tu l'as dit, et… et je ne me sens pas très bien, seule dans une si grande maison. Tu sais, cette fillette me maintient parfois éveillée…

Il sourit et resta un instant muet, pesant probablement le pour et le contre.

– Je crois qu'il faudrait que tu ignores ce fantôme, dit-il enfin, sans répondre à la question.

– Plus facile à dire qu'à faire, rétorqua Una, la voix tremblante.

– Concernant cette nuit… Il vaut mieux que je rentre. Pour toutes sortes de raisons.

Elle leva les yeux sur lui, mais il fuyait son regard.

– Sache que j'ai passé un moment précieux, crois-moi, conclut-il. Très précieux.

Le 31 décembre, la température était toujours aussi glaciale. Una avait commencé la journée par une balade sur la plage, sous les assauts du vent en provenance de l'océan qui s'insinuait jusqu'aux os. Elle aurait tant aimé un peu de neige, rien que quelques flocons, comme dans ses souvenirs d'enfance, lorsque son père et elle enfonçaient des feux d'artifice dans les congères avant de les allumer. Elle ne savait même pas si elle en verrait cette année. Elle n'en avait pas acheté et ignorait si les villageois honoraient cette tradition.

Salka n'était toujours pas rentrée. Selon les nouvelles, l'enterrement de sa fille devait avoir lieu le 2 janvier à Egilsstadir, petite ville de l'est du pays où vivaient la plupart de ses proches. Personne n'avait dit à Una si elle devait s'y rendre, et même si elle ne voulait pas se distinguer des autres, surtout dans un endroit pareil, elle hésitait à se présenter à la cérémonie sans y avoir été expressément invitée.

En l'absence de la maîtresse de maison, elle avait pris des libertés et passait plus de temps au rez-de-chaussée, ne dormait plus sous les combles depuis plusieurs jours, préférant s'installer sur le canapé du bas, en prenant toutefois garde de ne pas trop s'étaler afin de pouvoir effacer sans difficulté les traces de sa présence si jamais Salka rentrait soudainement. Si elle arrivait en pleine nuit ou à l'aube et trouvait Una allongée sur le canapé, celle-ci avait déjà prévu son excuse : il faisait trop froid en haut, le salon était mieux chauffé.

Assise à la table de la cuisine, elle écoutait les informations de midi sur le petit transistor de Salka. Elle avait fini par apprécier de vivre seule dans cette grande maison. Pour le déjeuner, elle s'était simplement fait des tartines accompagnées d'un verre de Coca – une mauvaise habitude, mais elle avait toujours eu le bec sucré. Son stock d'alcool était terminé, et elle comptait bien tenir jusqu'au Nouvel An sans le renouveler. De toute façon, Thór l'avait invitée à dîner avec Hjördís et lui – malheureusement, ils ne seraient pas seuls – et il y avait fort à parier qu'il servirait du vin, voire du champagne.

En général, les actualités constituaient un simple fond sonore auquel elle ne prêtait pas beaucoup attention, mais cette fois-ci, elle tendit l'oreille lorsque le journaliste annonça de sa voix grave : « La police signale la disparition d'un certain Patrekur Kristjánsson, survenue il y a environ dix jours. Âgé de trente-trois ans, les cheveux courts, il portait une veste en cuir noir et un jean. Quiconque aurait des informations à son sujet est prié de contacter le commissariat de Reykjavík. »

Se levant malgré elle, Una essaya de se rappeler à quoi ressemblait l'homme qui avait frappé à leur porte peu avant Noël. Peut-être s'emballait-elle – elle voyait des esprits errants partout, ces jours-ci –, néanmoins la description donnée par le journaliste correspondait. Évidemment, elle pouvait s'appliquer à tout un tas d'hommes, mais Una se souvenait très nettement de sa veste en cuir.

Se précipitant sur le téléphone pour appeler le commissariat, elle se rendit compte qu'elle n'avait pas le numéro. Elle réfléchit une seconde ; peut-être valait-il mieux voir une photo de l'homme en question avant de contacter la police. Ce n'était sans doute pas une bonne idée de perturber encore plus l'équilibre précaire du village en faisant venir les forces de l'ordre alors qu'elle n'avait rien de concret à leur présenter. En outre, si les policiers venaient chercher ce dénommé Patrekur à Skálar, ils finiraient par se rendre chez Hjördís et Thór, à qui elle n'avait surtout pas envie d'attirer des ennuis.

En général, les journaux continuaient de sortir, même le dernier jour de l'année – elle se rappelait avoir lu le quotidien *Morgunblaðið* le jour du réveillon étant enfant. S'il était peu probable que celui-ci soit déjà disponible à la coopérative, il serait livré rapidement, et la police devait y avoir publié un avis de recherche avec photo.

Mieux valait attendre, et être sûre.

Il était treize heures passées lorsque Una décida de faire un petit tour à la coopérative, même si elle doutait que Gunna ait ouvert en ce dernier jour de l'année. Le temps semblait s'être encore dégradé depuis le matin, et même son épais manteau la protégeait mal du vent toujours plus violent. Heureusement, la distance était courte.

Le commerce était bien ouvert. La clochette retentit lorsque Una se réfugia à l'intérieur, agréablement chauffé. Levant les yeux de son tricot, Gunna lui sourit.

– Ma chère Una, il te manque quelque chose pour le dîner ?

– Bonjour, répondit-elle d'un ton amical – elle appréciait la vieille femme, malgré son ingérence. Je n'étais pas sûre de te trouver là aujourd'hui.

– Je suis toujours ouverte la veille du Nouvel An, et de Noël aussi, jusqu'à quatorze heures. J'aime bien l'ambiance. Il n'y a pas grand-chose à faire, mais parfois les gens passent pour bavarder un peu, ou acheter un ingrédient de dernière minute.

– Je venais voir les journaux, fit Una.

– Ah ?

– Tu n'aurais pas reçu le *Morgunblaðið* d'aujourd'hui, par hasard ?

Gunna laissa échapper un rire franc.

– Non, ma belle, certainement pas. Il met plus de temps que cela à arriver jusqu'à nous, surtout un jour férié. Je pense ne le recevoir qu'après-demain.

– Je vois. Je m'en doutais, je voulais juste vérifier quelque chose...

– C'est urgent ?

– C'est une information que j'ai entendue à la radio. Un homme disparu.

– Ah ? lâcha Gunna d'une voix traînante en regardant Una avec insistance, presque avec suspicion. Quelqu'un que tu connais ?

– Non, non, répondit Una, se demandant un instant si elle devait dire la vérité à Gunna. Sa description m'a juste fait penser à un type qui a frappé chez nous quelques jours avant Noël. Une visite étrange. On t'en a peut-être parlé ?

– Non, ça ne me dit rien...

– Bref, je voulais voir si la photo du disparu avait été publiée dans le journal pour m'assurer que c'était bien lui l'autre jour, avant d'alerter la police.

– La police ? répéta Gunna en fronçant les sourcils.

– Oui, je me suis dit... que la police voudrait savoir... savoir qu'il est passé par ici. Si c'est lui.

– Ça me semble peu probable. Que ce soit lui, je veux dire. Je pense que tu te fais des films.

– Peut-être, concéda Una en repensant à la fillette qu'elle voyait si souvent la nuit.

Peut-être que ce séjour en autarcie avait cet effet sur elle. Qu'il donnait à son imagination plus de poids qu'à sa raison. Elle devait faire attention à garder les pieds sur terre.

– Il te fallait autre chose ? demanda Gunna d'un ton soudain sec, avant de jeter un coup d'œil à l'horloge accrochée au mur. Je ne vais pas tarder à fermer.

– Mais il est tout juste treize heures, protesta Una à voix basse, avant d'ajouter : Enfin, non, rien… Pour le moment.

Gunna hocha la tête.

– Pas même du vin rouge ?

La question fit à Una l'effet d'un coup de couteau.

– Non merci, répondit-elle avec un sourire forcé. Mais tu pourrais me rendre un service ?

Gunna la regarda sans prononcer un mot.

– Tu pourras me réserver un exemplaire du journal lorsqu'il sera arrivé ?

– Bien sûr, ma belle. Tout ce que tu voudras.

C'était reparti : la même voix, la même mélodie, la même comptine.

Et cette fois, elle voyait distinctement la fillette. Celle de la photo, pas Edda. Vêtue de sa robe blanche, elle se tenait face à elle, dans le salon du rez-de-chaussée, souriant d'un air distant, un chagrin profond dans le regard. Una n'avait pas peur, pas vraiment ; plutôt curieuse, elle voulait l'interpeller, lui demander ce qui s'était passé, pourquoi elle cherchait à attirer son attention.

À la fin de sa berceuse, la fillette resta immobile, regardant droit devant elle, impassible. Plissant les paupières, Una eut l'espace d'une seconde l'impression de voir Edda. Elle ne s'était pas rendue à l'enterrement. Personne n'avait frappé à sa porte pour savoir si elle souhaitait venir. La plupart des villageois avaient dû y assister mais, après une longue hésitation, elle avait préféré rester à part.

Elle attendit, sans trop savoir quoi – que la fillette s'exprime, fasse un geste. Peut-être allait-elle chanter de nouveau, ou bien voulait-elle simplement qu'on remarque sa présence, qu'on se souvienne d'elle. C'est alors qu'Una sentit la peur affluer en elle, percevant comme une menace, un malaise à venir, quelque chose de terrible grondant sous la surface, quelque chose que la fillette ne comprenait pas…

Celle-ci la fixa avec intensité jusqu'à ce qu'Una ne puisse plus le supporter.

Elle sursauta. Ouvrit les yeux.

Elle avait fait tomber sa couverture par terre. Peu à peu, elle reprit conscience ; elle était allongée sur le canapé, plongée dans les ténèbres. Jusqu'ici, elle était parvenue à y dormir en paix et n'avait pas éprouvé le besoin de laisser la lumière allumée. Elle n'osa pas se lever pour atteindre l'interrupteur, toujours persuadée de ne pas être seule. Avait-elle vraiment rêvé ? La fillette lui avait semblé à portée de main, Una l'avait vue de ses propres yeux, même s'ils étaient clos, même si elle errait quelque part entre sommeil et éveil.

Entre la crainte et la curiosité, elle n'aurait su dire ce qui l'emportait. Cette petite fille ne lui voulait pas de mal.

Allongée sur le canapé, elle sentait son cœur s'emballer dans sa poitrine. Jamais elle ne parviendrait à retrouver le sommeil, elle n'en avait même pas envie. Frissonnant, elle tendit la main vers sa couverture restée au sol, craignant presque que quelqu'un saisisse son bras au passage, puis elle l'étala sur elle pour se réchauffer.

Elle ferma les yeux.

Tendit l'oreille.

Les battements de son cœur, les craquements de la maison et le souffle du vent dehors se joignaient en un capharnaüm étourdissant. À cet instant, elle était presque reconnaissante pour la tempête qui s'était levée, car celle-ci dissimulait les autres sons émis par les ténèbres.

Elle ignorait l'heure, peut-être était-ce le milieu de la nuit, peut-être le matin. Impossible de se fier au lever du soleil tant il était tardif à cette période de l'année, et dans ce petit village on ne pouvait pas compter sur la circulation pour annoncer une nouvelle journée, comme c'était le cas lorsqu'elle habitait le quartier ouest de Reykjavík.

Incapable de se rendormir, elle ne cessait de repenser à son cauchemar. Plus le temps passait, plus elle était convaincue que les visites de la fillette n'étaient pas le fruit de son imagination. Se retournant sur le canapé inconfortable, elle se demanda si elle ne devrait pas rejoindre son appartement sous les combles. Il était clair à présent que le rez-de-chaussée ne la protégeait aucunement de ces esprits rôdeurs. Ou bien… elle pourrait peut-être emprunter le lit de Salka…

Elle gardait les yeux clos, mais son esprit tournait à toute vitesse, lui renvoyant sans cesse l'image de cette fillette morte plusieurs décennies auparavant. Elle ignorait son prénom, sans parler de la manière dont elle était décédée. Il fallait qu'elle se renseigne, ce ne devait être un secret pour personne dans ce minuscule hameau.

Que s'est-il passé au juste ? songea-t-elle – peut-être même le murmura-t-elle. *Que lui est-il arrivé ?*

Sa présence était toujours aussi désagréablement palpable. Una aurait parié qu'en ouvrant les paupières, elle l'apercevrait.

Elle essaya de penser à autre chose, d'apaiser son esprit…

Una écarquilla les yeux.

Elle venait d'entendre un bruit de pas.

Toujours dans le noir, elle ne devait pas avoir dormi longtemps, peut-être tout juste somnolé quelques minutes, l'esprit hanté par des visions de la petite fille, par toutes ces questions sans réponse, et maintenant...

Le grincement d'une porte dans le hall d'entrée la figea de terreur. Tandis que ses yeux s'habituaient peu à peu à l'obscurité, elle entendit les pas se rapprocher. Pétrifiée, elle n'osait plus faire un geste, surtout pas regarder par-dessus le dossier du canapé.

La porte du salon venait de s'ouvrir, cela ne faisait aucun doute, même si Una baignait encore dans les brumes du sommeil. Rongée d'angoisse, elle s'attendait presque à entendre la comptine d'un instant à l'autre.

– Una ? fit alors une voix douce.

Elle sursauta, se redressa sur-le-champ. Quelle idiote d'avoir cru que c'était un fantôme !

– Salut, Salka, dit-elle, embarrassée. Je... Toutes mes condoléances.

En l'espace de quelques jours, la jeune femme semblait avoir vieilli de plusieurs années.

– Merci, répondit-elle. Qu'est-ce que tu fais en bas ?

– Il... Il faisait très froid là-haut. Excuse-moi, je me suis permis de m'installer ici juste pour la nuit. J'espère que ça ne te dérange pas.

– Non, non, bien sûr. Je ne t'ai pas vue à l'enterrement...

– Je... je ne voulais pas m'imposer, expliqua Una, consciente que c'était une piètre excuse. Vous vous connaissez tous depuis si longtemps. Je n'étais pas sûre d'être la bienvenue.

Elle regretta aussitôt son choix de mots, mais Salka ne réagit pas.

– Quelle heure est-il ? demanda Una en se levant.

– Il est encore très tôt. Je ne me sentais pas bien cette nuit, je n'arrivais pas à dormir, alors j'ai décidé de prendre la route. D'essayer... de revenir pour quelque temps.

Le visage émacié, elle semblait épuisée.

– Je vois. Je monte, je te laisse te reposer.

– Je... je..., balbutia Salka. Je n'ai pas sommeil, ça te dérangerait de bavarder un peu avec moi ?

– Non, bien sûr.

– Super. Je vais préparer du café.

Salka s'éclipsa pour rejoindre la cuisine. Repliant la couverture, Una se précipita à l'étage pour la ranger avant de redescendre, toujours en pyjama.

Le café acheva de dissiper sa fatigue après cette nuit agitée. Pendant un long moment, les deux femmes demeurèrent silencieuses. Una n'osait pas prendre la parole.

– Je n'étais pas sûre de revenir, dit enfin Salka. Pas sûre d'avoir envie de revoir ce village, cette maison.

Mais ce n'est pas comme si j'avais le choix. Et puis, j'imagine qu'il faut que je me recrée une routine.

La gorge serrée, la parole lente, elle luttait visiblement contre les sanglots.

– Oui... je comprends, souffla Una pour ponctuer la conversation.

– Je ne sais pas quand je vais réussir à me remettre à l'écriture. Mais en même temps, je n'ai rien d'autre à faire, et il faut bien commencer quelque part. Et puis, s'il faut déménager, ça signifie que je vais devoir trier ses affaires...

Sa voix se brisa. S'éclaircissant la gorge, elle reprit :

– Je me sens bien, à Skálar. En tout cas, pour l'instant. J'ai l'impression qu'elle est près de moi. Avec sa chambre juste à côté, où rien n'a changé.

Le silence retomba.

– Tu sais ce qui lui est arrivé ? demanda Una.

– Non. Un problème au foie, c'est tout ce qu'ils m'ont dit. C'est à n'y rien comprendre.

– Je suis navrée de ne pas être venue. À l'enterrement, je veux dire.

– Je t'en prie, tu n'as pas à t'excuser. C'était une belle cérémonie, beaucoup de gens ont tenu à lui rendre hommage.

Una but une gorgée du café encore brûlant. Elle avait tant de questions à poser à Salka. Ce n'était sans doute pas le meilleur moment, mais elle ne savait pas quoi dire, et peut-être que la jeune femme apprécierait de parler d'autre chose.

– Tu te rappelles notre conversation au sujet du fantôme de la petite fille ?

Salka hocha la tête.

– J'ai l'impression que la situation a empiré, poursuivit Una. Tu n'as jamais rien remarqué ?

– Non, répondit Salka, peu convaincante.

– C'est étrange. D'abord, ça ressemblait à un mauvais rêve, mais il me semble de plus en plus tangible, de plus en plus réel.

Salka ne fit aucun commentaire.

– Comment s'appelait-elle ?

– Hein ?

– La fillette, comment s'appelait-elle ?

– Thrá. Il me semblait te l'avoir dit.

– Non, je ne crois pas. Plutôt inhabituel, comme prénom.

– Oui, peut-être..., soupira Salka.

– Je me demandais... tu sais ce qui lui est arrivé ?

– Comment ça ?

– Comment elle est morte ?

– Qu'est-ce que ça peut bien faire ? siffla Salka, les sourcils froncés. C'était il y a plus de soixante ans !

– J'étais simplement curieuse..., répondit Una, gênée.

– Je t'ai proposé un logement en toute générosité, répliqua Salka sèchement. Et toi, tu te permets d'aller fouiner dans des vieilles histoires de famille ?

– Non, je... Bien sûr, je...

Salka se leva d'un bond.

– Je vais me coucher. Il vaut peut-être... oui, il vaut peut-être mieux qu'on te trouve un autre endroit où dormir la nuit prochaine.

Sur ces mots, elle quitta la pièce en trombe.

Ils avaient promis. Si elle avouait, elle serait libérée de l'isolement sur-le-champ. Alors elle avait obtempéré. S'était convaincue de sa propre culpabilité. Maintenant, elle commençait à douter. Rien n'avait changé, elle était toujours prisonnière de cette toute petite pièce, absolument seule au monde, brisée. Ces salauds n'avaient pas tenu la moindre promesse. De temps à autre, ils lui faisaient subir un nouvel interrogatoire, plus par habitude que par nécessité. Elle ne pouvait rien leur dire de plus. Alors ils lui promettaient à nouveau que ce serait bientôt terminé. Qu'elle serait libérée de cet enfer, qu'on l'inculperait et qu'elle aurait droit à un procès dans les règles. Avec ça, elle pouvait vivre. C'était l'isolement qui la tuait à petit feu.

Ils affirmaient qu'en plus d'elle, deux hommes avaient participé au meurtre de Helgi et Hilmar ; ils lui détaillaient la manière dont, tous les trois, ils s'étaient débarrassés des corps dans ce champ de lave. Elle visualisait désormais la scène, chaque image correspondant à la description qu'on lui en donnait : la manière dont elle avait aidé à les tuer, dont elle avait transporté les cadavres en voiture, suivant la côte en direction du sud, avant de les jeter dans une faille. On ne les avait toujours pas retrouvés, du moins d'après ce qu'on lui disait. Ils l'avaient emmenée sur place, lui avaient demandé de montrer l'emplacement. Elle ne pouvait pas le faire, puisqu'ils ne lui avaient jamais dit où il se trouvait.

Elle avait pourtant tout donné, pointé dans toutes les directions, essayé de se concentrer, de réfléchir. Si c'était la vérité, si ces individus et elle avaient réellement assassiné Helgi et Hilmar, elle devrait être capable de reconnaître un point de repère et d'aider la police. Peut-être était-ce la pièce manquante du puzzle, la clé pour mettre fin à cet infernal chemin de croix.

Tandis qu'elle remontait vers son appartement, Una avait la sensation que les murs étaient vivants, qu'ils respiraient au même rythme qu'elle, voire lui criaient dessus. Elle ne comprenait pas exactement ce qui s'était passé. Pourquoi Salka avait-elle si soudainement changé d'attitude ?

Sans doute à cause du terrible traumatisme qu'elle venait de subir. Comment être soi-même après une si douloureuse expérience ?

Una venait de perdre l'un de ses rares alliés au sein du village. Tout le monde était contre elle. Peut-être cela avait-il toujours été le cas, finalement.

On l'avait mise dehors, elle était sans domicile. Les murs se resserraient sur elle, et lorsqu'elle atteignit son petit appartement, elle ne reconnut pas les lieux. Elle avait vécu quatre mois ici, mais s'était-elle véritablement sentie *chez elle* ?

Où aller, à présent ? Avait-elle encore sa place à Skálar, avec une élève ? La seule personne ayant souhaité sa présence ne voulait plus lui adresser la parole.

Malgré l'épuisement après cette nuit éprouvante, elle entreprit immédiatement de faire ses bagages. Soit elle rentrerait à la capitale, soit elle irait frapper chez Thór pour chercher conseil. Elle aurait aimé l'appeler, mais le téléphone se trouvait au rez-de-chaussée, chez Salka.

Dans une crise quasi maniaque, Una arracha ses vêtements aux placards et les jeta en tas sur son lit. Des restes de nourriture attendaient dans le réfrigérateur, devait-elle les y abandonner ? Sans parler des bouteilles de vin vides, assez nombreuses. Elle ne les avait pas encore mises à la poubelle. Mieux valait sans doute les déposer dans sa voiture, elle s'en débarrasserait à Reykjavík. Il fallait juste qu'elle trouve des sacs.

D'un geste presque automatique, elle aligna toutes les bouteilles par terre avant de stopper net. Elle avait besoin de plus de temps. Elle commencerait par aller à la ferme, chez Thór et Hjördís. Jetant un coup d'œil autour d'elle, elle s'assit sur une des chaises de la cuisine et inspira profondément. L'appartement lui paraissait étonnamment silencieux, on ne distinguait même plus le craquement du bois. Et dans ce silence pesant, une étrange langueur s'empara d'elle. La petite fille lui manquait.

Thrá, où es-tu ?

Thrá.

Finalement, peut-être était-elle son unique amie à Skálar…

En sortant, Una fut accueillie par un mur de ténèbres. Pas un point de jour à l'horizon, la nuit semblait éternelle en cette saison. Et à Skálar, en l'absence de réverbères, elle était encore plus épaisse et éprouvante qu'ailleurs.

Affrontant le vent, elle se mit en route pour la ferme et, une fois arrivée devant la porte, elle réfléchit aux mots précis qu'elle voulait employer avec Thór, à la manière dont elle devrait formuler sa demande.

– Décidément, tu es devenue une habituée des lieux, commenta Hjördís en lui ouvrant.

Una aurait aimé tomber directement sur Thór.

– Moi ?

Hjördís hocha la tête, l'expression toujours aussi indéchiffrable. « Habituée des lieux » était vraiment exagéré, il ne s'était encore rien passé entre Thór et elle. Peut-être voulaient-ils tous, à l'instar de Salka, se débarrasser d'elle. Et peut-être serait-il plus simple de respecter leur souhait, de disparaître. *On trouverait bien un autre moyen d'enseigner aux enfants*, songea Una, avant de corriger sa propre pensée : « à l'enfant », et non « aux enfants ». Il ne restait plus qu'une élève.

Mais elle n'était pas du genre à baisser les bras. Elle portait en elle une force, une volonté de fer qui ne vacillait que lorsqu'elle buvait – alors elle se laissait aller, comme si l'alcool effaçait toute ambition en elle. C'était également arrivé à la mort de son père : elle avait perdu toute énergie, toute envie de vivre, elle ne parvenait pas à se concentrer sur quoi que ce soit, et ses résultats scolaires avaient décliné. Tout le monde comprenait. Les professeurs, sa mère, ses amis. Personne n'osait formuler la moindre critique.

– Je vais le chercher, dit Hjördís d'un ton vif.

Clairement, Una n'était pas la bienvenue ici non plus. L'espace d'une seconde, elle envisagea de courir chez Salka, de finir ses valises et de prendre la route.

– Salut.

Comme toujours, un sourire se dissimulait sous l'épaisse barbe de Thór. Et elle qui ne s'en croyait plus capable sourit à son tour.

– Allons marcher, dit le jeune homme. Ça fait longtemps qu'on n'a pas fait une petite balade du côté de l'ancien camp militaire.

– Bien trop longtemps.

Déjà vêtu de son manteau, il lui entoura les épaules avant de lâcher prise presque immédiatement, comme s'il craignait d'aller trop loin et voulait maintenir une certaine distance entre eux.

– Allons-y.

Elle se sentit instantanément mieux.

Marchant côte à côte, ils empruntèrent le même chemin que lors de leur première balade. Il faisait trop froid pour que ce soit vraiment agréable, mais Una ne se plaignit pas.

– Salka est revenue, lâcha-t-elle enfin de but en blanc, lorsque le silence devint trop pesant.

Elle n'osa pas le regarder quand il lui répondit. Comme d'habitude, sa voix était neutre et difficile à déchiffrer :

– Je ne m'y attendais pas. Du moins, pas aussi rapidement. Je doutais même qu'elle revienne un jour. Je me disais qu'elle voudrait sans doute recommencer à zéro ailleurs.

– Peut-être qu'elle va déménager, je ne sais pas.

– Comment va-t-elle ? Elle tient le coup ?

– Si on veut, étant donné les circonstances. Notre conversation a pris un tour étrange. Elle... Elle m'a demandé de partir.

– De partir ? répéta-t-il, le ton toujours aussi neutre – Una s'était attendue à une réaction plus marquée. Pour aller où ?

– Retourner chez moi, ou bien me trouver un autre logement dans le village. Je ne sais vraiment pas quoi faire. Peut-être qu'elle a dit ça sous le coup de l'émotion, elle doit être épuisée... Mais peut-être qu'elle est sérieuse, et...

Elle inspira profondément, et ses poumons se remplirent d'air glacial. Thór lui jeta un coup d'œil.

– Tu sais que c'est grâce à Salka que tu as eu ce poste. Elle s'est battue pour qu'on engage un enseignant.

– Tu crois qu'on va me renvoyer à présent ?

– Ça m'étonnerait beaucoup.

– J'aimerais finir l'année scolaire, même si je n'ai plus que Kolbrún.

Une fraction de seconde, elle ne put s'empêcher de penser que la classe aurait été plus amusante si c'était

Edda qui avait survécu… Chassant cette effroyable pensée, elle enchaîna sur l'objet véritable de sa visite :

– J'ai cru comprendre qu'il y avait de la place chez Hjördís et toi, que vous accueilliez parfois des touristes à la ferme…

– En effet, acquiesça Thór en souriant pour diluer la tension.

Una s'empressa d'ajouter :

– Vous seriez payés. Pas par moi, mais par la municipalité. Salka m'a dit qu'elle recevait un loyer.

– Ce n'est pas le problème…

Una persistait à penser que la question financière pesait dans la balance. Dans ce petit village, les armateurs et pêcheurs bénéficiaient de bons revenus, mais pour les autres, la vie était plus difficile.

– Nous allons trouver une solution, poursuivit-il. Je vais en parler à Hjördís. Il est hors de question de te renvoyer à la capitale.

Sa réponse soulagea Una, même si elle n'aurait pas forcément été contre avoir une excuse pour abandonner. Personne ne le lui aurait reproché, surtout après le choc survenu peu avant Noël.

– Mais, tu sais que…, reprit Thór en balbutiant – ce qui ne lui ressemblait pas –, tu comprends bien que rien ne pourra arriver entre nous. C'est une longue histoire, mais je… Nous ne pouvons pas…

– Je sais, répondit-elle en essayant de garder son calme, décontenancée par ce soudain revirement. À cause de Hjördís, ajouta-t-elle pour dire quelque chose – un tir à l'aveugle.

– C'est ça.

Ils poursuivirent leur progression dans l'obscurité. Pendant des années, les soldats avaient dû endurer le froid sur ces mêmes terres. Ici, le pire ennemi était probablement la nature.

Ils étaient déjà loin de la ferme lorsque Thór reprit la parole :

– Que dirais-tu de faire demi-tour, Una ?

Ils marchaient toujours côte à côte, et si Una ne pouvait voir son visage, elle avait la sensation au ton de sa voix qu'il parlait à contrecœur. Que, tout comme elle, il était à bout et ne supportait plus ce village.

– OK, répondit-elle, feignant l'insouciance. En tout cas, ça m'a fait du bien de prendre l'air, même dans ce froid. Au fait, tu te rappelles cet homme qui est venu vous rendre visite la veille de la mort d'Edda ?

Elle n'avait pas eu l'intention d'aborder le sujet, mais elle ressentit un soudain besoin d'en discuter avec quelqu'un.

– Oui, répondit Thór. Pourquoi ?

– La radio a diffusé un avis de recherche. Un certain Patrekur est porté disparu, je ne me souviens plus de son nom de famille. Tu crois que ça pourrait être lui ?

– Qu'est-ce qui te fait penser ça ? Patrekur ? Non, ce n'était pas ça. Je ne sais plus comment il s'appelait, mais je pense que je me serais souvenu d'un prénom aussi peu fréquent.

– C'est juste... sa description. Une veste en cuir, un jean.

Thór se mit à rire.

– Une description qui pourrait correspondre à beaucoup de gens.

– L'âge aussi semblait coller, un homme d'une trentaine d'années. Cheveux courts.

– C'est vague, Una. Je pense que cette fois, tu te

laisses emporter par ton imagination. C'est ce lieu, il a cet effet sur les gens. Tu peux me croire, j'en ai fait l'expérience. Lorsque j'ai emménagé, je me sentais mal les premiers mois, je voyais des esprits partout, j'entendais des sons suspects, le vent me jouait des tours et l'obscurité me sapait le moral.

Il marqua une pause et une bourrasque siffla bruyamment, comme pour illustrer son propos.

– Ça finit par s'arranger, Una. Tu ne vas pas rester très longtemps avec nous, mais tu verras, tu te sentiras mieux à mesure que la luminosité reviendra. Les esprits disparaîtront. Peut-être bien que cette vieille maison est hantée, qu'est-ce que j'en sais ? Mais je suis sûr que ça va aller. Et cet homme disparu n'a rien à voir avec nous, même si je peux comprendre que tu penses le contraire. Un pauvre type s'est volatilisé dans la capitale, c'est tout. Ça pourrait être tentant de se dire qu'on va finir aux informations, mais nous sommes trop isolés, ce genre d'événement ne nous concerne jamais.

Il avait fait demi-tour en parlant, et Una lui avait emboîté le pas. D'un certain point de vue, il n'avait pas tort. Elle devait prendre garde à ne pas tirer de conclusions hâtives.

– Tu as sans doute raison. Lorsque le journal sera enfin arrivé et que j'aurai vu sa photo, je t'inviterai à boire un verre pour m'excuser. Je me sens un peu bête, pour tout te dire.

Il la prit prudemment par les épaules tandis qu'ils marchaient.

– Je t'en prie, tu ne me dois aucune excuse. C'est difficile de s'habituer à ce lieu. Et les habitants doivent aussi s'habituer à accueillir de nouvelles personnes. C'est un village avec une âme, d'une certaine manière.

– Oui, sans doute. Un village avec une âme.

Puis elle ajouta :

– Une belle âme, n'est-ce pas ?

– Ça, je ne sais pas…, répondit Thór après un long silence, une soudaine rigidité dans la voix.

Una rentra en empruntant la porte de derrière pour éviter de croiser Salka, mais la jeune femme l'attendait sous les combles.

– Una, pardonne-moi. Je ne comprends pas ce qui m'a pris tout à l'heure. J'étais si fatiguée. Je ne sais plus où j'en suis...

– Tu n'as pas à t'excuser, Salka. Je ne peux même pas imaginer ce que tu traverses.

– Quoi qu'il en soit, tu peux évidemment rester, fit-elle d'une voix douce, presque triste. À vrai dire, j'aimerais vraiment que tu restes. Si je continue d'habiter ici, j'ai besoin d'avoir quelqu'un avec moi. Tu veux bien être cette personne ?

– Bien sûr, répondit Una avec un sourire.

Toutes ces inquiétudes avaient donc été vaines. Elle n'avait pas besoin de recourir à l'hospitalité de Thór. Vivre avec lui aurait sans doute été embarrassant.

– Ça me rassure de te savoir là-haut, poursuivit Salka avec sincérité avant de regarder autour d'elle. Je vois que tu t'es déjà préparée à partir. Je suis vraiment désolée. Je peux t'aider à tout ranger, si tu veux.

– Il n'y a pas de problème, je t'assure.

Une question semblait flotter entre elles : *Où comptais-tu aller ?*

– N'hésite pas à te servir dans le réfrigérateur en bas, dit Salka. J'ai aussi de l'alcool dans le placard du salon, fais comme chez toi. Je ne bois pas beaucoup.

Una se rendit alors compte que ses bouteilles vides étaient toujours alignées par terre dans la cuisine. Sentant ses joues s'empourprer, elle essaya de ne rien laisser paraître et se contenta de répondre « merci ».

Les vacances scolaires devaient durer jusqu'au 6 janvier, et Una n'avait pas grand-chose à faire pour tuer le temps. Son stock d'alcool était épuisé, ce qui était encore plus douloureux que la solitude, mais elle n'osait pas aller se servir chez Salka.

Elle ne pouvait pas appeler sa mère, toujours à l'étranger. Elle avait envisagé de téléphoner à son amie Sara, dont elle n'avait pas eu de nouvelles depuis longtemps, mais n'en avait rien fait. Sara ne prenait jamais l'initiative de la contacter, alors qu'elle avait le numéro de chez Salka. Elle avait parlé de lui rendre visite mais n'avait pas encore honoré cette promesse. Una aurait pourtant tellement aimé voir un visage familier.

Elle avait commencé à envisager son séjour à Skálar comme une peine de prison. Heureusement, la petite Thrá ne se manifestait plus, et Una parvenait à dormir plutôt sereinement ; toutefois, son sommeil aurait été plus profond si elle avait pu boire un verre ou deux avant de se coucher.

Elle avait passé l'essentiel de sa journée dans son appartement, voulant laisser Salka tranquille. Elle s'était contentée d'un simple coup de téléphone à Thór et Hjördís pour les prévenir du changement de situation.

Maintenant, elle devait passer à la coopérative pour faire quelques courses, mais aussi et surtout pour acheter le journal du 31 décembre, afin de voir la photo de l'homme disparu. Thór avait eu beau se faire la voix de la raison en essayant de la convaincre que ses soupçons étaient infondés, elle ne pouvait s'empêcher de penser à cet inconnu. Elle avait *besoin* d'être certaine.

Les journaux n'arrivant en général que l'après-midi, elle avait délibérément repoussé son passage à l'épicerie. Elle achèterait à manger (et une bouteille de vin), puis en profiterait pour demander à Gunna, l'air de rien, si elle avait bien pensé à lui réserver un exemplaire.

Comme toujours, les horaires du petit commerce étaient variables et imprévisibles, mais Una était à peu près sûre de ne pas se heurter à une porte close à quinze heures. Elle trouva même Gunna toute seule, ce qui lui éviterait l'embarras d'acheter de l'alcool sous le nez des voisins, même si la vieille femme ne se priverait sûrement pas de commérer à propos du contenu de ses courses.

– Je viens aussi chercher le journal, dit-elle après avoir rempli son sac.

– Le journal ?

– L'exemplaire du *Morgunblaðið* que tu devais me réserver.

– Ah, oui, très juste, ma belle. Les journaux n'ont pas été livrés. Ça arrive, parfois. C'est ça, de vivre hors des sentiers battus.

Una soupira. Elle avait espéré obtenir les réponses

à ses questions pour pouvoir consacrer son énergie à autre chose.

– Tous les journaux ou uniquement celui-ci ?

– Aucun journal n'a été livré, ma grande. Ils arrivent tous ensemble. Si l'un est perdu, ils le sont tous. On ne peut rien y faire. Tu veux que je te réserve celui de demain ? Si je le reçois…

– Oui, je veux bien.

– Tu as raison, il faut suivre l'actualité, éviter de se morfondre dans sa bulle. J'ai cru comprendre que Salka n'avait même pas la télévision dans sa vieille maison. Gunni et moi, on en a acheté une il y a quelques années, avec un magnétoscope. Ça fait toute la différence. On loue des cassettes à Thórshöfn. Ils nous ont accordé des conditions spéciales, comme tu peux l'imaginer. Difficile de rendre les films dès le lendemain à cette distance. Tu devrais essayer de convaincre Salka de se procurer du matériel vidéo, tu t'ennuierais moins.

Una hocha la tête. En réalité, elle s'était habituée à ne pas avoir de téléviseur, même si un bon film de temps en temps meublerait sa solitude.

– Nous regardons *Falcon Crest* ces jours-ci. C'est vraiment bien.

– Je n'ai jamais vu cette série.

– Nous pourrons te prêter nos cassettes dès que nous les aurons regardées, comme je te l'ai dit nous avons droit à un délai.

Une offre généreuse – Gunna n'alla toutefois pas jusqu'à inviter Una à leur rendre visite pour regarder le programme en question.

– Merci, répondit-elle, s'apprêtant à partir.

– Comment va Salka, à part ça ? demanda Gunna d'un ton désinvolte, alors qu'Una avait atteint la porte – visiblement, elle ne voulait pas laisser une si belle occasion lui échapper.

– Ça va, compte tenu des circonstances.

Una ne s'étendit pas, peu désireuse de donner du grain à moudre à la vieille femme.

– Ça doit être difficile pour elle. Je n'arrive pas à croire qu'elle soit revenue, poursuivit Gunna, plus pour elle-même que pour son interlocutrice. Je ne m'y attendais pas du tout. Il y a tellement de souvenirs dans ce village, sans parler de la maison.

– On ne se voit pas beaucoup, elle reste en bas et moi j'occupe l'appartement sous les combles.

– Je vois. Elle ne se confie pas vraiment à toi, donc ?

Craignant d'en avoir peut-être trop dit, Una s'empressa de changer de sujet :

– Dis-moi, toi qui connais si bien l'histoire des lieux… Ces rumeurs de fantômes dans la maison de Salka… ?

Le visage de Gudrún s'illumina soudain.

– Ah, tu as entendu parler de ça ?

– On peut dire que j'en ai fait l'expérience.

– Alors là, tu me laisses sans voix… ! Tu l'as vue ?

– Thrá ?

– Oui, Thrá.

– Je crois.

– J'ai entendu beaucoup d'histoires autrefois. Personne ne voulait loger là-haut. Elle venait hanter les gens durant leur sommeil. Ils se réveillaient terrifiés au beau milieu de la nuit et partaient en courant. Du coup, ça m'a fait sourire d'apprendre que Salka t'installait dans cet appartement, et qu'elle touchait un loyer au passage ! s'exclama-t-elle en riant.

– Tu sais ce qui lui est arrivé ?

– À Thrá ? fit Gudrún, une expression étrange sur le visage.

– Oui.

La femme ne répondit pas immédiatement. Après un bref silence, elle dit :

– Je ne suis pas assez vieille pour m'en souvenir.

Aucun doute : elle mentait. Et ce n'était pas la première fois au cours de cette conversation.

– C'est étrange, cette affaire avec les journaux, remarqua Una.

– Quoi donc ?

– Qu'ils n'aient pas été livrés.

– Il faut s'habituer, ma grande. Ici, ce n'est pas comme à la ville. On doit apprendre la lenteur, à vivre au rythme de la nature et pas courir après chaque nouvelle lubie.

Una acquiesça.

– Comment vas-tu, sinon, Una ? Plus que quelques mois, et tu pourras retourner chez toi.

Encore une fois, la jeune femme se sentit prisonnière.

– Pas sûr, dit-elle, observant attentivement la réaction de Gunna.

– Ah ? fit cette dernière, visiblement surprise.

– Je veux dire… Je ne suis pas sûre de rentrer chez moi. Peut-être que je resterai l'année prochaine.

– Tu en as discuté avec qui de droit ? répliqua Gudrún, le regard perçant.

– On verra. Merci de ton offre pour les cassettes, peut-être que je t'en emprunterai un jour, si j'arrive à récupérer un téléviseur.

– Oui, ma belle. On se voit demain.
– Demain ?
– Quand le journal sera arrivé. En espérant que celui-là ne se perde pas en route aussi, conclut-elle avec un sourire.

– Un village comme celui-ci, Una… Un village comme celui-ci a une âme.

Assise à la table de la salle à manger, Salka sirotait son café rituel du soir, qu'elle accompagnait de vieux biscuits décongelés.

La jeune femme était métamorphosée. En tout point opposée à celle qu'Una avait connue. Le regard vide et distant, la peau plus pâle que jamais, elle parlait d'une voix basse et monotone.

– Il faut réussir à s'immerger dedans, comprendre son rythme, poursuivit-elle, le visage impassible – elle avait également cessé de sourire. Ici, les gens se serrent les coudes. Tu t'en rendras compte. Nous sommes tous profondément ancrés dans cette terre.

Se ravisant, elle ajouta :

– Tous sauf toi, bien sûr.

Una ne savait pas exactement quoi répondre. Elle n'était plus sûre de pouvoir parler d'Edda, ni d'un quelconque sujet en rapport avec le passé – surtout de Thrá.

– Tu veux dire, chacun d'entre vous ? demanda-t-elle, consciente que l'affirmation de Salka était exagérée.

– Guffi et Gunnar ont grandi ici. Le défunt père de Kolbeinn était leur ami. Mes grands-parents possédaient cette maison, comme tu le sais. Et puis… Hjördís a hérité la ferme des siens. C'est la raison pour laquelle j'ai emménagé ici, Una. Pour nous construire un foyer d'avenir, à Edda et à moi, parmi des gens qui feraient bloc autour de nous. C'est tellement important, d'appartenir à un groupe. C'est comme ça que ça fonctionne à Skálar.

– Je crois que tout le monde serait soulagé que je parte, dit Una, à sa propre surprise – elle n'avait pas eu l'intention de se montrer aussi franche. Je veux dire…

– Je sais ce que tu veux dire, Una. Et en un sens, tu n'as pas tort. Ne le prends pas mal, mais tu dois apprendre les mœurs locales. Les respecter.

– J'ai toujours été resp…, commença Una, aussitôt interrompue.

– Le café est bon ? Pas trop fort ?

– Non, non, il est parfait.

– Tu ressens sa présence ? La nuit ? demanda tout à coup Salka. Tu la vois ?

Tandis que lui revenait le souvenir de la fillette, Una sentit un malaise monter en elle à la perspective de se retrouver à nouveau seule sous les combles la nuit venue.

C'était une question aussi inattendue qu'étrange, comme si Salka avait oublié leur conversation précédente.

– Je… oui, je crois, balbutia Una. Comme je te l'ai dit, je sais que…

– Je parle d'Edda, siffla la jeune femme.

– Edda ? Je… non…

Una se leva doucement, rechignant à poursuivre cette discussion.

– Merci pour le café et les biscuits.

– Je me disais que je parviendrais peut-être à entrer en contact avec elle, continua Salka, l'esprit ailleurs. Il y a quelque chose entre ces murs…

Posant sa tasse, elle se leva à son tour.

– Je vais me coucher, Una. Merci d'avoir bavardé avec moi. À demain matin.

– Oui, bonne nuit.

Salka s'enferma dans sa chambre. Una décida de saisir cette occasion pour passer un coup de téléphone.

– Allô ?

– Sara ? C'est Una.

Cela faisait plus d'un mois que les deux amies ne s'étaient pas parlé.

– Una ? Tu as vu l'heure ? Vous n'avez pas la même, là-bas, dans l'Est ?

Il est vrai qu'elle n'avait plus aucune notion du temps. Dehors, c'était toujours la même obscurité.

– Enfin, je suis quand même contente de t'entendre. Ça fait longtemps, dit Sara d'un ton plus doux. Comment s'est passé Noël ?

– Bien, mentit-elle.

– C'est étrange, de t'imaginer si loin, Una. Tu nous manques, c'était tellement sympa de passer prendre le café chez toi, répondit Sara – cette fois, c'était elle qui peinait à convaincre. Ça va, avec ton locataire ?

– Euh… oui, oui, tout va bien.

Elle n'en avait pas la moindre idée, c'était sa mère qui gérait la location de son appartement à Reykjavík.

– Dis, Sara, je voulais vérifier quelque chose. Aurais-tu gardé les numéros du *Morgunblaðið* de ces derniers jours ?

La jeune femme laissa échapper un petit rire.

– J'ignorais que tu lisais ce journal. Je croyais que tu ne l'aimais pas.

La raison pour laquelle Una n'y était pas abonnée, pas plus qu'à d'autres publications, était en fait le manque d'argent. Mais elle n'avait aucune envie de s'étendre sur ce sujet.

– C'est juste que les journaux n'arrivent pas toujours jusqu'ici, et j'aurais besoin d'une information.

– Oui, bien sûr, sans problème.

– Un homme a disparu juste avant le jour de l'An, un certain Patrekur... Ça te dit quelque chose ?

– J'ai vu passer ça.

– Il me faudrait sa photo.

– Sa photo ? Pourquoi tu as besoin de ça ?

– Longue histoire, répondit Una avant d'ajouter d'un ton un peu piquant : Je te raconterai lorsque tu me rendras visite.

– Je regarde. Je crois que c'était en dernière page la veille du Nouvel An. Attends une seconde.

Le silence se fit au bout du fil. *Pourquoi tu as besoin de ça ?* avait demandé Sara avec incrédulité. Et sa surprise était justifiée. Una songea une fois de plus qu'elle se laissait dépasser par son imagination, qu'elle avait besoin de créer une tension dans sa vie pour échapper à son quotidien aride et monotone.

Après un bref instant, elle distingua un froissement de papier.

– Bon, je l'ai trouvé.

– Il y a une photo de lui ?

– Oui. Cheveux très courts, le visage carré et sévère. La qualité n'est pas bonne. Il doit avoir à peu près notre âge.

La description était insuffisante. Il fallait qu'elle voie la photo de ses propres yeux, ne serait-ce que pour se convaincre que tout allait bien, que cette disparition n'avait rien à voir avec Skálar.

– Tu pourrais m'envoyer ton exemplaire par la poste ? demanda-t-elle.

Après une courte hésitation, Sara répondit :

– Oui, oui, bien sûr. Je te l'envoie dès demain.

– Merci beaucoup.

– Je ne comprends pas pourquoi, mais aucun problème.

– À part ça, tu comptes venir bientôt ?

– Évidemment ! Mais j'imagine que la route est difficilement praticable ces jours-ci. Peut-être que ce serait mieux au printemps ?

– Oui, acquiesça Una. Oui, sans doute.

Elle marqua une pause puis ajouta :

– Au fait, tu peux te contenter de découper l'article qui concerne la disparition, avec la photo. C'est tout ce qu'il me faut. Pas la peine de m'envoyer le journal entier.

Une petite enveloppe attirera moins l'attention, se dit-elle.

Elle chassa ces soupçons de son esprit. Était-elle en train de perdre la raison ? Il n'y avait rien à craindre dans cette communauté.

La lettre de Sara mit quatre jours à arriver. Una avait essayé de penser à autre chose, de se replonger dans une certaine routine. La rentrée des classes avait eu lieu un mardi terriblement froid. Et la journée avait été difficile. C'était généralement Edda qui prenait la parole en cours, et son absence était désormais d'autant plus palpable que Kolbrún se renfermait davantage.

La missive passa inaperçue, bien qu'Una ne reçoive pas souvent de courrier. Elle monta dans son appartement, s'assit à la table de la cuisine et ouvrit l'enveloppe, les mains tremblantes de nervosité, même si elle ne s'attendait qu'à voir la photo d'un parfait inconnu.

Mais en dépliant le petit morceau de papier, elle reconnut immédiatement ses traits. C'était bien lui. L'homme qui avait frappé à leur porte la veille de la mort d'Edda.

Son cœur s'emballa. Aucun doute, malgré le grain épais du cliché. D'après le flash info de la veille à la radio, on n'avait toujours pas retrouvé sa trace, et le journaliste n'avait pas fait état d'une opération de recherche en cours.

Una se leva, abandonnant la coupure sur la table. Désormais, il fallait prendre une décision. L'inconnu était allé chez Hjördís et Thór. Et ensuite ? Ils pourraient fournir d'importantes informations à la police, des détails qui mettraient les enquêteurs sur la voie. Ils n'étaient tout de même pas impliqués dans cette disparition. Una sourit. C'était complètement tiré par les cheveux, oui… Et elle ne voulait pas leur causer d'ennuis. Mais il fallait bien qu'elle alerte les autorités. C'était son devoir.

Elle ne se précipita toutefois pas sur le téléphone. Elle avait encore besoin de réfléchir un peu. L'homme avait disparu depuis longtemps, quelques minutes n'y changeraient pas grand-chose. Elle était pourtant certaine de ce qu'il fallait faire. Absolument certaine.

On frappa à sa porte, et Salka apparut dans le cadre. Una n'aimait pas trop qu'elle se permette d'entrer sans attendre de réponse, même si elle était évidemment chez elle.

Par réflexe, elle s'empressa de cacher la coupure sous un vieux journal qui traînait sur la table. Un geste qu'elle n'aurait su expliquer, mais à cet instant elle n'avait plus confiance en personne. Un coup de folie, probablement. Il fallait qu'elle arrête de donner du crédit à ces idées saugrenues si elle voulait tenir jusqu'à la fin de l'année. Peut-être que le mieux serait de montrer la photo à Salka, que celle-ci confirme qu'il s'agissait bien du même homme – non qu'Una eût le moindre doute –, et surtout qu'elle la soutienne dans sa décision d'appeler la police. Skálar ne devait pas souvent attirer l'attention des autorités, et Una sentait que l'ingérence de « la fille de la ville » ne serait pas très bien perçue par les villageois.

– Excuse-moi, je te dérange ? demanda poliment Salka de sa voix monotone, en s'avançant dans l'appartement sans un sourire.

– Pas du tout, répondit Una.

– Je m'apprêtais à faire à manger, tu veux te joindre à moi ? Je ne me sens pas de cuisiner pour moi toute seule.

– Euh... D'accord, merci, c'est gentil.

– Tu as une envie particulière ? J'ai un filet d'églefin au réfrigérateur, il devrait suffire pour deux.

– C'est parfait, je te rejoins en bas.

Salka avait cuisiné des plats bien plus goûteux et épicés par le passé, mais Una était reconnaissante pour sa compagnie, même si elle ne parlait plus beaucoup. Au terme du repas, elle aborda le sujet qui lui brûlait les lèvres :

– Tu sais, cet homme qui a frappé à la porte peu avant Noël, celui qui cherchait Hjördís…

La question lui pesait sur la conscience, et s'il y avait une personne à qui elle pouvait se confier dans le village, c'était bien Salka.

– Oui, quoi ? répliqua celle-ci, plutôt vivement – ce qui ne signifiait probablement rien, elle était terriblement tendue ces derniers temps.

– Eh bien… Tu te rappelles l'avis de recherche publié le 31 décembre ? commença Una, attentive à la réaction de son interlocutrice.

– De quoi tu parles ?

– Tu n'es pas au courant ?

– Non, je n'ai pas vraiment suivi l'actualité depuis… depuis…

– Bien sûr, je comprends.

– Quel rapport entre cet avis de recherche et notre visiteur ? demanda Salka.

– C'est le même homme, répondit Una d'un ton catégorique.

– Le même homme ?

– L'individu recherché s'appelle Patrekur Kristjánsson. Il n'a plus donné de nouvelles depuis plusieurs jours.

– Tu dois confondre, Una. Qu'est-ce que ce type viendrait faire chez nous ? Personne ne vient ici à part…

Elle s'interrompit au milieu de sa phrase. Una eut la sensation qu'elle s'apprêtait à dire quelque chose qui aurait pu l'offenser.

– C'était lui, je t'assure. Ça m'a traversé l'esprit en entendant sa description, je ne sais pas pourquoi, je n'arrêtais pas d'y penser.

Elle s'abstint de préciser que, pour elle, il existait peut-être – seulement peut-être – un lien entre cette étrange visite et la mort soudaine d'Edda.

– On ne peut pas tirer de telles conclusions à partir d'une simple description.

– J'ai vu sa photo. Dans le journal. Je l'ai là-haut.

– Je peux la voir ? demanda Salka avec défiance.

Acquiesçant, Una se leva et monta l'escalier au pas de course.

– C'est toi qui l'as découpée comme ça ? demanda Salka en la voyant revenir l'article à la main.

– Euh… non. Mais c'est bien lui, n'est-ce pas ? fit-elle en lui tendant le papier.

La jeune femme observa longuement le portrait sans prononcer un mot, l'air pensif.

– Il cherchait Hjördís, dit-elle enfin.

Una se demanda si elle était censée répondre, ou si Salka réfléchissait à voix haute. Elle finit par répéter sa question :

– C'est le même homme, on est d'accord ?

Si elle n'en doutait pas le moins du monde, en recevoir la confirmation la rassurerait malgré tout.

– Oui, oui, bien sûr, acquiesça Salka. Mais je ne comprends pas... De quand date cet article ?

– C'était un peu avant le Nouvel An. Il n'a toujours pas réapparu, aux dernières nouvelles.

Après un long silence, Salka reprit :

– C'est une étrange coïncidence qu'il soit passé par ici, mais cette disparition n'a clairement rien à voir avec nous. Avec Skálar. Avec Hjördís.

– Non, bien sûr que non. Mais... tu vois, ça pourrait peut-être mettre la police sur la bonne voie.

– Il est hors de question que la police vienne ici, dit Salka avec une fermeté inhabituelle. Ça ne sert à rien.

– Ils n'ont pas forcément besoin de venir, je voulais simplement les appeler, les informer. Peut-être que c'est la pièce manquante du puzzle...

– Tu ne suggères tout de même pas qu'un des habitants du village pourrait être impliqué dans cette affaire ? asséna Salka, plus ferme que jamais. Après l'accueil que nous t'avons fait ? Tu as été très bien acceptée ici.

C'était discutable.

– Non, Salka, ne te méprends pas, ce n'est pas du tout ce que je veux dire. Je veux simplement aider.

Un long silence suivit. Salka but une gorgée du vin rouge qu'elle avait servi avec le repas au grand soulagement d'Una, qui n'avait pas eu à puiser dans ses propres réserves. Peut-être était-ce l'alcool qui provoquait cette étrange réaction chez son interlocutrice. L'alcool et bien sûr le choc immense qu'elle venait de subir. Elle avait radicalement changé, ce qu'on ne pouvait que comprendre.

– Aider, répéta-t-elle enfin d'une voix lente, presque plus comme une question que comme une affirmation. Pourquoi te sens-tu obligée d'aider ?

Una ne répondit pas immédiatement.

Salka poursuivit :

– Tu es dans la police ?

Una attendit encore, hésitante.

– Tu connais cet homme ? Ce… comment s'appelle-t-il, déjà ? Patrekur ?

Una secoua la tête.

– Non, bien sûr que non.

– Dans ce cas, je ne comprends pas d'où te vient cette idée. De vouloir nous dénoncer à la police.

– Je ne veux dénoncer pers…

Una baissa les bras en milieu de phrase. Tout débat semblait inutile. Ce devait être l'alcool. La bouteille était vide, et si elle-même s'était généreusement servie, elle soupçonnait que cette fois, Salka en avait bu la majeure partie.

– C'est un village tranquille, Una, reprit celle-ci, plus calme. Nous avons l'habitude de régler nos problèmes tout seuls. Ça a toujours fonctionné ainsi. On se serre les coudes, on prend soin les uns des autres. J'ai beau n'avoir pas vécu très longtemps ici, je le sais. C'est dans nos gènes.

– Excuse-moi Salka, mais je ne comprends pas où tu veux en venir. Je ne vois pas à qui ça causerait du tort d'informer la police qu'on a aperçu un homme porté disparu.

Sauf si l'un des habitants du village est responsable de sa disparition, ajouta-t-elle dans sa tête, sans oser le dire à voix haute.

– C'est… c'est notre devoir de citoyen, conclut-elle finalement.

Salka se mit à rire.

– Notre devoir de citoyen ? Maintenant, tu comptes nous dicter d'obscures règles de conduite ? Pour la justice, c'est ça ?

Sa voix gagna en puissance :

– Putain, tu veux que je te dise ce qui n'est pas juste ? Qu'Edda… qu'Edda ne soit plus là, que ma fille soit morte… Tu trouves ça juste, toi ? Hein ?

– Salka, ça n'a rien à voir avec Edda. Mais… tu sais quoi ? Tu as raison. Cette affaire… Cette disparition ne nous concernent en rien. Je vais réfléchir avant de faire quoi que ce soit.

Salka acquiesça.

– Bien. Oui, c'est bien. Je suis contente. Excuse-moi…

– Tu n'as pas à t'excuser, répliqua Una, plus déterminée que jamais à contacter la police.

L'occasion de téléphoner se présenta le lendemain soir.

La nuit avait été exceptionnellement bonne. La petite Thrá n'était pas réapparue. Peut-être ces fantômes n'étaient-ils qu'une hallucination, un signe de fatigue après le stress de ces derniers temps.

Le matin, Una avait donné un cours à Kolbrún sans toutefois oser demander à Kolbeinn et Inga si elle pouvait téléphoner. Elle préférait éviter le moindre échange avec eux. Inga ne dissimulait pas son hostilité envers elle, tandis que Kolbeinn se montrait étrangement amical, comme si leur embarrassante confrontation quelques mois plus tôt n'avait jamais eu lieu. Peut-être que, pour lui, draguer ouvertement d'autres femmes n'avait rien de répréhensible…

À son retour de classe, Salka était toujours là, et elle ne quitta pas la maison de la journée. Impossible de passer un appel sans l'alerter. Una se consolait en se disant que la maison n'étant équipée que d'un téléphone, on ne pouvait pas l'écouter depuis un autre appareil. Du moins, *pas à sa connaissance…*

Vers dix-neuf heures, Salka sortit enfin. Sans un

au revoir, mais Una entendit distinctement la porte claquer. Jetant un coup d'œil par la fenêtre de son appartement, elle vit la jeune femme s'éloigner.

Il fallait agir rapidement. Peut-être Salka n'allait-elle faire qu'une courte balade.

Elle descendit l'escalier en quatrième vitesse. Manquant de tomber, elle imagina une fin tragicomique à toute cette histoire : se briser la nuque en dévalant des marches dans une maison au milieu de nulle part, simplement parce qu'elle voulait aider un parfait inconnu. Peut-être que Salka avait raison, au fond. En quoi le sort de cet homme les concernait-il ?

Mais Una avait déjà ressassé la question et, en dépit des moments de doute durant lesquels elle se demandait si l'isolement et la solitude n'avaient pas obscurci son jugement, elle restait persuadée que c'était la chose à faire. C'était son devoir, point final. Voilà ce que son père lui avait transmis. D'abord, il fallait étudier la médecine, maîtriser cette « science noble », ainsi qu'il le formulait. Sur ce point, elle l'avait trahi. Ensuite, et avant toute chose, devenir quelqu'un de bien. Cette ambition l'emportait sur les intérêts personnels. Et ça, elle ne l'avait pas oublié. Voilà pourquoi elle se tenait à présent devant le téléphone, un vieil annuaire usé entre les mains, à la recherche du numéro du commissariat de Reykjavík, qu'elle trouva rapidement et mémorisa – ce pourrait être utile – avant de ranger l'annuaire.

Au même instant, une porte claqua dans la salle à manger. Una bondit. Salka n'était-elle pas sortie ?

Putain de merde. Elle l'avait vue de ses propres yeux, l'avait suivie du regard par la fenêtre. Avait-elle rêvé ?

Elle se dirigea vers la pièce. La porte était fermée. Salka se trouvait-elle à l'intérieur ? Il n'y avait pas le moindre courant d'air, et à sa connaissance aucune fenêtre n'était ouverte au rez-de-chaussée. Elle avait envie de se précipiter à l'intérieur pour vérifier qu'elle était bien seule, mais elle resta immobile.

C'est alors qu'elle crut entendre les faibles notes du piano.

À un volume si bas qu'elle ne pouvait en être sûre.

Ne le voulait d'ailleurs pas.

Elle se dirigea à pas rapides vers la porte d'entrée, se posta sur le perron et respira l'air extérieur.

Ici, elle était en sécurité, du moins pour l'instant.

Elle tendit l'oreille. Rien.

Qu'est-ce que je fous encore là ? Pourquoi je ne suis pas repartie vivre à la capitale ? se demanda-t-elle.

Elle patienta une seconde, observa les ténèbres qui s'étendaient devant elle. Seule la lumière de chez Guffi apparaissait à l'horizon.

L'obscurité semblait encore plus profonde que d'habitude.

Prenant son courage à deux mains, elle retourna dans la maison, referma la porte et alla droit vers la salle à manger. Elle écouta attentivement, pas un son. Poussant le battant avec une prudence infinie, elle constata que la pièce était vide. Mais le piano était ouvert.

Sa gorge se serra.

Elle rejoignit le hall afin d'appeler la police, le numéro encore frais dans sa mémoire.

– Commissariat de Reykjavík, bonsoir, répondit un homme vraisemblablement d'âge mûr.

– Bonsoir, fit Una avant de se présenter. Excusez-moi

de vous déranger, je vous contacte par rapport à la disparition d'un homme.

– La disparition d'un homme, vous dites ? répéta l'agent au bout du fil d'une voix égale, comme s'il ne se laissait pas déstabiliser facilement.

– Vous avez publié un avis de recherche le 31 décembre pour un certain Patrekur Kristjánsson.

– Tout à fait. Vous avez des informations à nous apporter, Una ? Vous l'avez aperçu ? poursuivit-il du même ton égal, presque paternel.

– Je crois.

– Vous croyez. Quand ?

– Juste avant Noël. Oui, c'est ça, le 21 décembre.

– Où se trouvait-il ?

– Pardon, j'aurais dû le dire tout de suite. J'habite le village de Skálar, sur la péninsule de Langanes.

– Langanes, c'est ça ?

– Oui, il a frappé à la porte de ma maison dans la soirée.

– Vous êtes sûre que c'était le même homme ?

– Certaine. J'ai vu sa photo dans le journal.

– Bien, fit l'agent au bout du fil. Pourquoi n'appelez-vous que maintenant ? Si je me souviens bien, cela fait plusieurs jours que nous avons publié sa photo.

– En effet… Les journaux mettent du temps à arriver jusqu'ici, répondit Una.

– Je vois.

– Je ne sais évidemment pas si ça a un quelconque lien avec sa disparition…

– Non, bien sûr. Nous allons regarder ça. Nos équipes sont un peu réduites à cette heure tardive, comme vous pouvez l'imaginer, mais je transmettrai dès que possible à mon collègue en charge de l'enquête.

Il vous rendra visite s'il estime que c'est nécessaire. Je peux avoir votre adresse à Skálar ?

Una la lui donna.

– C'est noté, bonne soirée, dit l'agent avant de raccrocher.

Elle avait espéré quelques compliments, ou tout au moins un remerciement. Que les services de police lui confirment qu'elle avait pris la bonne décision. Mais parfois, l'ingratitude était visiblement la seule récompense aux bonnes actions.

En remontant dans son appartement, Una repensa à Thrá. Aussitôt, elle fit demi-tour et décida de profiter de l'absence de Salka pour passer un deuxième coup de téléphone. Ce numéro, elle le connaissait sur le bout des doigts.

– Allô ?

– Salut, Sara. C'est Una.

– Una, ça alors ! On se parle tous les jours, en ce moment. Tu as reçu mon courrier ?

– Oui. Je voulais justement te remercier. Ça m'a été bien utile.

– Tu as retrouvé cet homme disparu ?

Sa voix était teintée d'ironie. Sara ne prenait jamais rien très au sérieux. C'était l'une de ses plus grandes qualités. Et l'un de ses plus gros défauts.

– Je ne sais pas, on verra, répondit Una. En fait, je me demandais si tu pouvais me rendre un autre petit service.

– Bien sûr, fit Sara avec une pointe d'hésitation. Dans la limite du raisonnable.

Una rit.

– Évidemment. Mais c'est peut-être un peu plus

compliqué, donc n'hésite pas à me dire si ça te dérange. C'est juste que c'est important.

– Bon, je t'écoute.

– Il s'agit d'une vieille affaire sur laquelle je me renseigne. Une affaire concernant Skálar.

– Qu'est-ce que tu fabriques là-bas, Una ? Tu n'es pas censée enseigner à ces deux gamines ?

Una resta muette un instant. La nouvelle de la mort d'Edda n'avait visiblement pas atteint Reykjavík, ou bien Sara n'avait pas fait le lien.

– J'enseigne le jour. Je dois bien m'occuper le soir.

– Dis-moi tout. De quand ça date ?

– 1927.

– 1927 ? Tu plaisantes ?

– Il s'est passé quelque chose dans la maison où j'habite. Je voudrais en savoir plus.

– Quoi donc ?

– Une petite fille est morte. Elle s'appelait Thrá.

– Comment est-elle morte ?

– Je l'ignore, mais j'ai l'impression que... qu'il s'est passé quelque chose de louche.

– Et où suis-je censée découvrir tout ça, Una ?

– Je ne sais pas, peut-être dans de vieux journaux. Si quelqu'un a écrit sur cette histoire...

– Les journaux existaient en 1927 ?

– Je t'en prie, Sara. Ça t'ennuierait de regarder pour moi ?

Sara soupira.

– Je vais me renseigner, mais je ne promets rien. Je pourrais peut-être trouver quelque chose dans les livres de mes parents. Ils ont toutes sortes de recueils de chroniques locales. Je vais commencer par là. Ensuite, je verrai si j'ai le courage d'aller à la bibliothèque nationale pour feuilleter de vieux journaux. Nous sommes amies, Una, mais à un moment, je dois poser des limites.

Elle avait fait ce dernier commentaire d'un ton badin, et Una sourit. Sara parvenait toujours à la mettre d'humeur légère.

– Merci, ma Sara. Tiens-moi au courant.

Elle raccrocha.

Elle n'avait pas beaucoup d'amis en ce moment, et savoir que Sara était là pour elle, même de manière irrégulière, apaisait son moral. Peut-être que la distance leur avait fait du bien finalement, en leur donnant l'occasion de se manquer l'une à l'autre.

Serait-elle plus heureuse si elle était restée à Reykjavík ? Avait-elle fait une erreur en laissant tout derrière elle ? Si elle était prise d'une pulsion suicidaire, comme elle le craignait parfois, personne ne viendrait à son secours ici, où tous étaient indifférents à son sort. D'un autre côté, l'adversité à laquelle elle avait dû faire face l'avait rendue plus forte, plus déterminée. Et il restait le problème du travail. Elle avait pris temporairement congé de son ancien poste, et sans salaire elle ne pourrait survivre, ne possédant aucune réserve d'argent, pas plus que sa mère. Elles n'étaient pas vraiment pauvres, mais vivaient l'une comme l'autre au jour le jour et ne pouvaient pas se permettre beaucoup d'imprévus. À Skálar, Una parvenait enfin à mettre un peu de côté chaque mois. Elle était logée gratuitement et, de manière générale, les occasions de dépenser se faisaient rares.

Si elle aimait profondément l'enseignement, elle ne pouvait parfois s'empêcher de se demander ce qu'il serait advenu si elle avait terminé ses études de médecine et accepté un poste quelque part. Assurément, l'argent n'aurait pas manqué.

Toujours aucun signe de Salka. Avant de remonter sous les combles, Una regarda attentivement autour d'elle pour s'assurer qu'elle n'avait laissé aucune trace prouvant qu'elle avait utilisé le téléphone. Elle se sentait presque comme une criminelle cherchant à éliminer ses empreintes.

Une fois dans son appartement, elle s'allongea sur le canapé, pensant à Hjördís. C'était elle que le dénommé Patrekur voulait voir, et selon les informations d'Una, il y était parvenu. Elle n'en avait rien dit à la police, cela pouvait attendre l'éventuelle arrivée d'un enquêteur. Et elle craignait un peu d'attirer des ennuis à la jeune femme, ou pire : à Thór.

Elle n'arrivait toujours pas à comprendre pleinement Hjördís. À en juger par leurs rares échanges, on pouvait penser qu'elle cherchait à la tenir à distance. Comme si Una lui avait fait quelque chose, sans savoir quoi exactement. Une situation désagréable, qui avait sans doute un obscur lien avec Thór.

Malgré cela, ou peut-être précisément à cause de cela, Una décida de passer la voir pour la prévenir qu'elle avait contacté la police. Lui donner l'occasion de se préparer. Ce n'était que justice, non ? Elle n'aurait su dire si sa motivation première était de protéger Thór ou d'améliorer sa relation avec Hjördís. Quoi qu'il en soit, elle se mit en route. Il n'était pas si tard. Elle se leva, résista à la tentation de boire un verre de vin, enfila ses chaussures et sortit dans la pénombre, empruntant la porte de derrière, même si elle était certaine de l'absence de Salka. Après quelques pas, elle aperçut la voiture de cette dernière garée à son emplacement habituel – elle ne devait donc pas être partie bien loin.

Una se dirigea d'un pas lent vers la ferme, répétant dans sa tête ce qu'elle voulait dire à Hjördís, afin de s'expliquer de la manière la plus claire et concise possible. Un peu mal à l'aise face à toute cette situation, elle se rappela qu'à partir du moment où les gens n'avaient rien à cacher, ce n'était pas une affaire d'État. L'argument selon lequel les villageois réglaient leurs problèmes entre eux n'était pas valide. On ne pouvait pas suivre cette règle saugrenue en toutes circonstances, et celle-ci ne s'appliquait certainement pas à Una, qui venait de l'extérieur et ne cherchait qu'à agir en bonne citoyenne.

Arrivée devant la porte, elle attendit un instant, déroula à nouveau en esprit le fil de ce qu'elle s'apprêtait à dire. Puis elle frappa. Une deuxième fois. Personne. Une troisième fois, encore plus fort, mais toujours pas de réponse.

Elle se dirigea alors vers la dépendance. Peut-être se trouvaient-ils là-bas, ou tout au moins Thór. La lumière y était éteinte et les rideaux tirés, aucune trace de vie. Elle frappa timidement. Le jeune homme ne l'y avait jamais invitée – il n'avait pas eu de raisons de le faire – mais quelque chose dans cette petite bâtisse la mettait mal à l'aise. Personne ne répondit.

Où pouvaient-ils bien être ? Et Salka ? Étaient-ils ensemble ?

Elle reprit la direction du village. Arrivée dans la rue, elle se sentit seule au monde, prisonnière des lieux comme si on l'y avait abandonnée. Il régnait un silence de mort.

Et soudain, elle les vit arriver en sens inverse, sortant

de la maison de Guffi. Hjördís et Thór, suivis de près par Salka. Avaient-ils tous rendu visite à l'armateur ?

Surprise, Una ne savait pas si elle devait aller à leur rencontre et leur demander ce qu'ils faisaient là-bas, ou bien attendre qu'ils l'aient rejointe. Finalement, elle patienta, et bientôt apparurent aussi Inga et Kolbeinn, puis Gunna et Gunnar. L'ensemble des villageois réunis au même endroit, sans elle.

Thór baissa la tête alors qu'ils s'approchaient d'elle, tandis que Hjördís la regardait droit dans les yeux, l'air résolu, comme si elle n'avait rien à cacher.

– Una, quel plaisir ! s'exclama-t-elle en s'arrêtant devant elle. Tu nous cherchais ? Ou tu te baladais ?

Thór s'immobilisa également, semblant toutefois ne pas vouloir prendre part à la conversation.

Una hésita. Ce n'était ni le moment ni le lieu pour aborder le sujet dont elle voulait lui parler. En outre, l'accueil de Hjördís l'agaçait passablement, et elle n'avait soudain plus envie de lui apporter le moindre soutien. Peut-être qu'une visite de la police ne lui ferait pas de mal, après tout...

– Ou bien tu cherchais seulement Thór ? ajouta la femme avec ironie. Je peux m'éclipser si vous avez besoin de bavarder.

– Je ne cherchais personne, répondit Una d'un ton ferme. Je vois que vous avez passé un bon moment chez Guffi ce soir. Il a oublié de m'inviter.

Hjördís sourit.

– Guffi n'oublie jamais rien.

– Eh bien je m'apprêtais justement à lui rendre visite, dit Una, savourant l'expression soudain décontenancée de son interlocutrice.

D'abord silencieuse, elle regarda Una, puis Thór, avant de répliquer :

– Je suis sûre qu'il t'accueillera à bras ouverts.

Puis elle s'éloigna. Fuyant toujours le regard d'Una, Thór la suivit. C'était à n'y rien comprendre. Il n'avait pas pris la parole une seule fois pour la défendre, et à nouveau elle était dans la confusion la plus totale quant à leur relation.

Maintenant, elle devait payer le prix de sa provocation et aller chez Guffi. Elle resta figée un instant, n'osant pas regarder derrière elle. Aux ténèbres se mêla à nouveau ce silence pesant.

Elle se mit en route, le pas lourd. Impossible de reculer, elle ne pouvait pas laisser les autres voir qu'elle bluffait, que rendre visite à l'homme qui dirigeait tout dans le village la terrifiait.

Una prit son courage à deux mains et sonna. La porte s'ouvrit presque instantanément, comme si Guffi l'attendait.

– Quelle agréable surprise, dit-il, posant sur elle un regard aussi intense que glacial. Entrez, je ne vous ai pas vue depuis longtemps.

– Merci. J'ai été très occupée.

– En effet, en effet. Ma femme se repose, je vous propose donc qu'on s'installe dans mon bureau, au sous-sol.

Una se balança d'un pied sur l'autre. La dernière chose dont elle avait envie, c'était de revivre le malaise ressenti dans cette étroite pièce sans fenêtre. Mais elle était venue jusqu'ici, et de sa propre initiative. Le tout était de ne pas se laisser déstabiliser. Il l'invitait en bas justement parce qu'il estimait que là, il avait la main sur elle. Et puisqu'elle voyait clair dans son jeu, elle acquiesça et dit :

– Allons-y.

Elle le suivit dans l'escalier et s'installa, comme la fois précédente, sur la chaise de bureau, pour lui signifier clairement qu'elle n'avait pas peur. Pourquoi craindrait-elle cet homme ? D'autres habitants du village dépendaient de lui, pas elle. Elle ne comptait pas s'installer ici de manière permanente, et elle avait un contrat pour son poste d'enseignante. Il n'avait pas le pouvoir de la renvoyer.

Non, elle n'avait pas peur de lui.

Elle attendit qu'il s'asseye sur le fauteuil près de la porte, comme auparavant, mais cette fois il referma derrière lui et resta debout devant le battant. Ce qui, il fallait bien l'admettre, la mit encore plus mal à l'aise. C'était comme s'il endossait le rôle d'un videur, voire d'un gardien de prison.

Son rythme cardiaque s'accélérait, et elle inspira profondément pour tenter de cacher son trouble. Elle avait prévenu Hjördís et Thór de l'endroit où elle se rendait. Le fait que quelqu'un sache où elle était la rassurait.

Peut-être avait-elle un peu peur, en effet. S'il se passait quelque chose, on lui viendrait forcément en aide… ? Non ?

Elle n'en était pas certaine. Ne pouvait pas l'être, ce qui ne faisait qu'accroître sa nervosité.

– Alors, Una, dit-il enfin, je ne sais pas si vous comprenez bien cette petite communauté que vous avez rejointe.

Ce n'était pas une question, mais elle se sentit obligée de répondre, s'efforçant de cacher le tremblement de sa voix :

– Je crois que si, à vrai dire.

– Ma chère Una, permettez-moi de vous contredire. Nous avons essayé de vous l'expliquer gentiment…

Il insista sur ce dernier mot et elle frissonna, y percevant une forme de menace : ce ne serait pas toujours le cas.

La scène avait tout d'un cauchemar ; une petite cave étroite, la lumière faible d'une applique et la lueur verdâtre de la lampe de bureau qui ne lui rappelait que trop celle de son défunt père. Sans oublier cet homme déplaisant vêtu d'un pull jaune sombre et d'un jean usé, à la tignasse hirsute et à l'insupportable sourire sardonique.

Fermant les yeux, elle vit son père. Elle se rappelait si nettement sa silhouette penchée sur le bureau. C'était le parfait opposé de Guffi. Soigné, courtois, toujours bien habillé, il n'élevait jamais la voix, d'humeur toujours égale, peut-être même un peu apathique. Et elle l'aimait si sincèrement ; aujourd'hui encore, il ne se passait pas une journée sans qu'elle pense à lui. Elle se sentait plus proche de lui que de sa mère, et cela avait été un choc immense de le perdre comme cela, sans aucune explication.

La voix puissante et le ton résolu, Guffi rompit le silence :

– J'ai entendu dire que vous avez vu un homme soi-disant porté disparu dans notre village.

– Je... oui, je crois.

Elle se reprocha immédiatement son manque d'assurance, mais le vieil homme était parvenu en un instant à instiller un climat de menace dans la petite pièce, et elle ne parvenait pas à contrôler son angoisse, comme il l'avait probablement anticipé.

– Et vous avez évoqué votre intention d'appeler la police, ajouta-t-il.

– Pourquoi... pourquoi vous êtes-vous réunis ce soir ?

– C'est moi qui pose les questions ici ! cria-t-il, la faisant sursauter. La raison pour laquelle j'invite des gens chez moi ne vous regarde absolument pas.

Après un court silence, il reprit :

– Pourquoi vouloir appeler la police ?

Envisageant un instant de lui dire qu'elle l'avait déjà fait, elle n'osa finalement pas. Le moment semblait mal choisi.

– Parce que c'est mon devoir. Cet homme a disparu !

– Les gens disparaissent sans cesse. Ce n'est pas notre problème. Nous n'avons pas besoin que des étrangers viennent se mêler de nos affaires. Ça vaut pour vous, et pour la police. Vous comprenez ça ? Je n'en ai pas l'impression.

– Parfois, on n'a pas le choix, bafouilla-t-elle dans un murmure.

Elle aurait tant voulu être capable de répliquer : *Vous n'avez pas à me dicter ma conduite, Guffi. Je fais ce que je veux.*

– On a toujours le choix, rétorqua-t-il, le regard enflammé. Moi, par exemple, j'ai deux choix ce soir : vous laisser rentrer chez vous, ou bien vous enfermer ici pour que vous réfléchissiez.

Una n'en revenait pas. Elle voulut bondir et s'enfuir, mais elle était figée sur son siège, ne parvenait plus à bouger.

– Qu'est-ce que vous sous-entendez ? demanda-t-elle enfin, le tremblement de sa voix cette fois bien distinct. C'est une… une menace ?

Guffi resta muet et impassible. Toujours devant la porte, il voulait clairement lui signifier qu'elle ne s'échapperait pas aussi facilement. Et malgré leur différence d'âge, elle savait très bien qu'elle ne ferait pas le poids face à un homme de sa carrure.

Il ne pouvait pas être sérieux. Aucun individu sain d'esprit n'aurait une telle idée. Ça devait être une plaisanterie de mauvais goût. Cependant il ne semblait pas amusé du tout, mais bien au contraire, plus grave que jamais.

– Je ne sous-entends rien du tout, Una. Je veux juste que vous vous rendiez compte du sérieux de l'affaire. Nous n'apprécions pas du tout votre ingérence, votre... curiosité. J'étais opposé à votre venue, mais Salka a eu ce qu'elle voulait. Cela n'arrivera plus. Ma pauvre femme m'a dit de vous donner une chance. Qu'un peu de sang neuf ne nous ferait pas de mal, et je l'ai écoutée. Nous vous avons laissé la responsabilité de la cérémonie de Noël... On ne peut pas dire que ça ait été une sage décision.

– Ce... ce n'était pas ma faute. Vous n'allez quand même pas m'accuser de ce qui est arrivé à Edda ?

– Ça n'a aucune importance, siffla-t-il. Le fait est que votre présence ne nous a apporté que du malheur. Et maintenant, vous vous êtes mis en tête d'appeler la police pour quelque chose que vous croyez avoir vu, à cause d'un pauvre type qui s'est volatilisé. Nous avons toujours réglé nos problèmes nous-mêmes, sans intervention extérieure.

Una se leva.

– Cette fois, ça suffit. Je vais rentrer me reposer.

– C'est moi qui décide quand cette conversation prendra fin, répliqua-t-il fermement. Asseyez-vous, Una.

Elle n'obtempéra pas, mais n'avança pas non plus. Elle n'était pas prête à en venir aux mains. Cette fois, elle était convaincue qu'il n'hésiterait pas à l'enfermer dans cette pièce pour l'intimider et l'empêcher de contacter la police. Il pensait sans doute s'en tirer à bon compte. C'était parole contre parole. Et il avait le pouvoir dans le village, tout le monde était de son côté. Avait-il déjà séquestré quelqu'un par le passé ? Ou pire ? Y avait-il une raison pour laquelle il refusait de parler avec les autorités ?

– J'ai déjà appelé, dit-elle enfin, persuadée que cette révélation pourrait lui sauver la mise.

– Comment ça ?

– J'ai déjà appelé la police. Des agents vont être envoyés dès demain pour se renseigner sur le sort de Patrekur.

– Vous n'êtes pas sérieuse.

– Je vous assure. J'ai téléphoné tout à l'heure, pendant que Salka était sortie.

– Et qu'est-ce que vous leur avez dit ?

– Ça change quelque chose ?

– Ça change tout, bon sang !

Il ouvrit la porte et se précipita dans le couloir.

Una lui emboîta rapidement le pas. Le voyant remonter l'escalier, elle le laissa prendre un peu d'avance, soulagée qu'il ne se retourne pas, puis elle le suivit.

Lorsqu'elle arriva dans le vestibule, il l'attendait. Rien ne suggérait à présent qu'il l'empêcherait de sortir.

– Content de vous avoir vue, Una, dit-il d'une voix grave. Vous devriez passer plus souvent.

Sans un au revoir, elle ouvrit la porte d'entrée et courut jusqu'à la maison de Salka sans regarder par-dessus son épaule. Elle était bien consciente que personne ne la poursuivait, mais elle avait la sensation que le monde entier l'observait.

Seule, apeurée, elle ne savait plus vers qui se tourner.

Douce nuit petite Thrá,
Que tes rêves soient beaux.

Tel un murmure apaisant, la voix semblait provenir de toutes les directions. Les notes enveloppaient le corps d'Una, affluaient dans ses veines comme une eau glaciale. Goutte à goutte, elles traversaient le rêve pour s'infiltrer dans son subconscient.

Douce nuit…

Et maintenant, elle la voyait.

Pour quelque raison, l'image lui apparaissait en noir et blanc. Debout devant elle dans sa robe blanche, la fillette la regardait, l'œil vide, le visage pâle, et ses lèvres remuaient au rythme de la comptine, un seul couplet, en boucle. Puis la petite ferma les yeux, parfaitement immobile, mais c'était comme si elle pouvait observer Una à travers ses paupières closes, comme si elle attendait quelque chose. Una attendit elle aussi, écoutant le silence. La fillette demeura figée, ses traits impassibles.

Lorsqu'elle rouvrit les yeux, ils étaient soudain injectés de sang. Tout devint rouge. Una sursauta, comme si on venait de la secouer. Elle se redressa dans le lit, bien réveillée mais encore perdue entre son cauchemar et la réalité ; elle ne comprenait plus rien...

Une terrible douleur lui enserra le crâne. Peinant d'abord à l'expliquer, elle se souvint alors du vin rouge qu'elle avait bu avant de se coucher. Elle avait eu besoin d'un remontant après sa visite chez Guffi. Et pour sûr, le vin avait fait l'affaire. La bouteille presque vide, elle avait fini par se laisser porter par le sommeil et s'était glissée dans son lit.

C'était encore la nuit, elle le sentait. Il fallait qu'elle se rendorme.

La fillette avait disparu mais son image restait vive dans son esprit, si terriblement nette, tandis que la berceuse continuait de résonner contre ses tympans. Comment diable pouvait-elle encore dormir dans cet appartement ? Était-elle sûre que la fillette ne lui ferait jamais de mal ? En tout cas, à cet instant précis, elle n'arrivait plus à fermer l'œil. Peut-être qu'un petit verre de plus ferait taire sa peur. Elle avait laissé la bouteille sur la table de la cuisine. Ses yeux habitués à l'obscurité, elle se leva et avança d'un pas lent, soulagée que le chant ait cédé la place au silence.

Un bruit de verre éclata lorsqu'elle arriva sur le seuil de la cuisine. Aussitôt, elle tendit la main vers l'interrupteur et alluma la lumière. La bouteille de vin rouge gisait en morceaux par terre, bien trop loin d'Una pour qu'elle imagine y être pour quelque chose. Il n'y avait personne dans l'appartement, personne à proximité, personne qui aurait pu la faire tomber et s'échapper en si peu de temps.

La fenêtre entrouverte laissait passer un léger filet de vent. Pouvait-il en être la cause ? La bouteille était-elle au bord de la table ? Tenait-elle en équilibre ? Impossible de se rappeler comment elle l'avait laissée. Peut-être avait-elle créé un courant d'air en ouvrant la porte de sa chambre… Elle se creusa les méninges en quête d'une explication logique. Cette fichue bouteille ne pouvait quand même pas être tombée sans raison, immédiatement après un nouveau cauchemar avec le fantôme de la petite fille.

Le lendemain matin, Una annula la classe. Réveillée juste avant huit heures après s'être enfin rendormie sur le canapé du salon, elle avait toujours mal au crâne et était à bout de forces. Elle avait appelé les parents de Kolbrún, croisant les doigts pour ne pas tomber sur Kolbeinn, et Dieu merci son souhait lui avait été accordé. Elle avait annoncé à Inga qu'elle était malade et ne pourrait pas donner cours. Comme d'habitude, la réponse avait été glaciale, et elle aurait pu parier que des rumeurs sur le fait que sa consommation d'alcool l'empêchait désormais de travailler circuleraient bientôt dans le village. Tant pis. La situation pouvait difficilement empirer. Personne ne lui faisait confiance, et c'était réciproque. Les villageois s'étaient clairement ligués contre elle. À quoi bon essayer de sauver les apparences et prétendre qu'elle pouvait assurer sa mission ? Devait-elle vraiment enseigner à cette unique enfant ? Cela avait-il un sens ? Elle ne l'appréciait même pas…

Après sa conversation avec Inga, elle était remontée dans son appartement et s'était rallongée. Le jour commençait à se lever, mais Una n'avait pas envie de quitter le canapé. La seule chose qu'elle pouvait encore envisager, c'était d'appeler Thór, mais elle n'était même plus sûre de pouvoir lui faire confiance. Elle songea alors à téléphoner à Sara pour lui demander si elle avait pu effectuer des recherches au sujet de la fillette, et peut-être pour bavarder un peu, de tout et de rien. Toutefois, cela impliquait non seulement de se mettre debout, mais aussi de descendre au rez-de-chaussée et de risquer de croiser Salka. Aucun doute : son quotidien était devenu invivable. Et pour ne rien arranger, elle n'avait plus d'alcool.

Una fut réveillée par de puissants coups frappés à l'aide du heurtoir contre la porte d'entrée en bas. Elle se leva d'un bond, pressentant instinctivement qu'il fallait ouvrir. Lorsque les brumes du sommeil se furent dissipées dans son esprit, elle se rendit compte qu'il devait s'agir du policier. Elle ne pouvait pas le manquer.

Arrivée dans l'entrée après avoir descendu l'escalier en trombe, elle vit que Salka avait été plus rapide. Sur le seuil se tenait un homme d'une trentaine d'années ; trapu, le visage large, il avait commencé à perdre ses cheveux et cela ne lui allait pas vraiment. Il sourit à Una, l'air sympathique au premier abord.

– Vous êtes Una, peut-être ? demanda-t-il en l'apercevant, d'une voix plus douce que ce à quoi elle s'était attendue.

– C'est bien moi.

– Enchanté de vous rencontrer, dit-il en tendant la main.

S'avançant dans sa direction, elle la lui serra.

– Je m'appelle Hjalti, je suis de la police de Thórshöfn, enchaîna-t-il. Excusez-moi d'avoir un peu traîné, le commissariat de Reykjavík m'a appelé hier soir pour me demander de passer vous voir. Je voulais le faire ce matin, mais le temps file, et j'avais quelques tâches plus urgentes à finir. On ne peut pas toujours tout lâcher à la minute où les grands pontes de Reykjavík vous donnent un ordre. Vous voyez ce que je veux dire, j'imagine.

Una n'était pas sûre de devoir répondre. Salka s'en chargea pour elle :

– Oh que oui.

– Ça fait longtemps que je n'ai pas mis les pieds à Skálar, poursuivit Hjalti. C'est dommage, bien sûr, mais on a rarement l'occasion de venir par ici. Je n'ai pas le souvenir de la moindre affaire criminelle dans le coin, en tout cas pas depuis que je suis dans la police. Une communauté plutôt tranquille, pas vrai ?

– Très tranquille, acquiesça Salka. Et nous l'aimons comme ça. Je peux vous inviter à entrer ?

– Je pensais que vous n'alliez jamais le demander ! s'exclama-t-il d'un ton taquin en pénétrant dans le hall.

– Installons-nous dans le salon. Vous voulez du café ?

– Je ne dis pas non.

– Una, tu me donnes un coup de main avec les tasses ?

Elle obtempéra. Pendant que l'homme s'asseyait sur le canapé, elles se rendirent dans la cuisine. Évitant soigneusement le regard de Salka, Una attrapa trois tasses dans un placard tandis que cette dernière préparait le café, puis elles apportèrent le tout dans le salon.

– Délicieux, bien fort comme je l'aime, commenta Hjalti après avoir bu une gorgée.

Visiblement, il n'était pas pressé d'aborder l'objet de sa visite, sans doute fatigué par la route.

– Salka, n'est-ce pas votre fille qui... ?

L'intéressée hocha la tête.

– Toutes mes condoléances. Quelle effroyable tragédie.

– Merci.

– Vous êtes nées ici ? demanda-t-il après un bref silence.

– Pas moi, glissa Una. Je viens de la capitale, j'occupe le poste d'enseignante pour l'année. Salka a de la famille qui vient d'ici.

– C'est chez moi, confirma celle-ci. Mon village, ma maison. J'y suis à ma place.

Sa voix était empreinte de détermination.

Hjalti but une nouvelle gorgée.

– Merci beaucoup pour votre accueil. C'est une très belle maison, très impressionnante. Ça fait du bien de voir du pays, même en plein hiver. Quoi qu'il en soit, je ferais mieux de me mettre au travail. Je viens au sujet de cet homme disparu, Patrekur... Patrekur...

– Kristjánsson, compléta Una.

– Tout à fait, oui. Je ne sais pas grand-chose de cette affaire, on m'a simplement demandé de venir prendre votre témoignage. Je ne vois pas trop ce que ce gars pouvait bien faire dans le coin.

– Moi non plus, dit Una.

– C'est vous qui avez appelé, si j'ai bien compris. Vous l'avez rencontré, c'est ça ?

– Toutes les deux, oui, répondit-elle avec fermeté.

– Et vous êtes certaine que c'était bien cet homme ?

– Absolument. J'ai vu sa photo dans le journal. Le même homme.

– Ce…, l'interrompit Salka avant d'hésiter.

Una la regarda.

– Ce… n'était pas lui, poursuivit la jeune femme après une courte pause.

Una eut la sensation qu'on venait de la gifler. Elle n'en croyait pas ses oreilles.

– Pardon ? Ce n'était pas lui ? demanda Hjalti, l'air tout aussi surpris.

– Non. Nous étions toutes les deux à la maison lorsqu'il a frappé dans la soirée. C'était un Islandais qui cherchait à se loger pour la nuit, mais il ne s'est pas présenté.

– Qu'est-ce que tu racontes, Salka ? s'écria Una. Tu plaisantes ou quoi ?

Se levant, Hjalti posa une main sur son épaule.

– Pas de raison de s'énerver, nous allons découvrir la vérité. Vous avez peut-être perçu les choses différemment, l'une et l'autre. J'imagine que vous avez vu la photo aussi, Salka ?

Elle acquiesça.

– Et ces deux hommes se ressemblaient ?

– Vous la croyez ? demanda Una, incapable de garder son calme – c'était une trahison, il n'y avait pas d'autre mot.

– Nous allons voir ça. Je suis sûr qu'il y a une explication toute simple, répondit Hjalti posément. Salka, ces deux hommes se ressemblaient-ils ?

Una lança un regard intense à sa logeuse. Allait-elle continuer de mentir ? Celle-ci ne répondit pas immédiatement. L'atmosphère dans le salon était devenue électrique.

– Pour être honnête, non. Loin de là. Je ne comprends pas pourquoi Una s'est convaincue d'une chose pareille. J'ai essayé d'en parler avec elle, j'ai cru qu'elle allait abandonner cette idée saugrenue, mais voilà qu'elle appelle la police. Je suis… je suis vraiment navrée que vous ayez fait la route jusqu'ici.

Comme assommée, Una n'avait plus la force de réagir.

– Vous en êtes certaine ? demanda Hjalti à Salka.

– Oui. C'est moi qui lui ai parlé, je l'ai bien vu. Je ne sais pas pourquoi Una s'est fait tout un film, je n'arrive pas à comprendre… Et en même temps… Ça n'a pas été facile pour elle. D'être seule, vous voyez ? Skálar est une expérience singulière, pour qui vient de la capitale.

Hjalti sourit.

– Ça, on peut le dire. J'ai habité en ville pendant quelques années. Thórshöfn et Reykjavík sont deux parfaits opposés, alors Skálar…

Una resta muette.

– Oui, ça l'a beaucoup éprouvée, fit Salka avant de baisser la voix. Elle affirme même… que la maison serait hantée.

– Elle *est* hantée ! s'écria Una avec vigueur, avant de se rendre compte que cette affirmation n'aidait sans doute pas sa cause.

– Une aussi jolie maison, hantée ? plaisanta le policier.

Clairement, il ne la croyait pas. Il avait même plutôt pitié d'elle.

Elle marqua un temps d'arrêt. Envisagea de revenir sur sa dernière phrase, mais cela ne ferait qu'aggraver son cas.

– Enfin, je… je ne sais pas… Une fillette est morte dans cette maison il y a plus de cinquante ans, et on raconte qu'elle continue de hanter les lieux. J'ai parfois eu l'impression de ressentir sa présence dans mon appartement, sous les combles.

Hjalti la regarda d'un air pensif.

– Et comment se manifeste-t-elle ?

– Elle chante une comptine à la nuit tombée, et il m'est arrivé d'entendre le piano... Je l'ai vue aussi, je crois l'avoir vue... Et puis, cette nuit, une bouteille de vin s'est cassée et...

Elle s'entendait raconter tout cela à voix haute ; rien ne semblait convaincant.

Salka posa les yeux sur Una, puis sur Hjalti, à qui elle adressa un sourire bienveillant, comme pour lui signifier : *Soyez gentil, ce n'est pas facile pour elle.*

– J'ai déjà entendu ce genre d'histoires, dit Hjalti. Une bouteille de vin cassée, disiez-vous ?

Il jeta un regard en coin à Salka, puis reporta son attention sur Una.

– Quel genre de vin ?

– Quoi ?

– Quel genre de vin ? Blanc ? Rouge ? Quelque chose de plus fort, peut-être ?

– Juste du vin rouge.

– De quoi se réchauffer le cœur l'hiver, quand on est seul. Vous buvez beaucoup, Una ?

– Pas tant que ça, répondit-elle, se sentant soudain comme une criminelle en plein interrogatoire. Un verre de temps en temps.

Elle n'osait pas mentir, même si elle embellissait quelque peu la réalité.

– Ça vous arrive de boire le soir, Una ? Avant de dormir ? Avant que la fillette apparaisse la nuit ?

– Oui, parfois, mais pas toujours. Je l'ai aussi vue sobre ! s'exclama-t-elle.

C'était vrai, non ? Elle ne pouvait en être certaine, n'ayant jamais établi de lien entre les deux. Elle buvait souvent lorsqu'elle habitait à Reykjavík, mais ne voyait pas de fantômes pour autant, ni n'entendait de comptines en pleine nuit.

Se pouvait-il que ce soit vrai ?

L'alcool avait-il altéré ses sens ?

Soudain, elle doutait.

– Et lorsque l'homme a frappé ? Vous aviez bu, Una ?

– Je ne me rappelle plus, dit-elle en toute sincérité.

Elle était incapable de se souvenir, et peut-être était-ce justement le signe que sa consommation d'alcool était devenue un problème.

– Bien, un inconnu est donc venu ici à la recherche d'un logement pour la nuit, enchaîna Hjalti d'un ton doux et amical.

– C'est ça, répondit Una.

– Ensuite, une photo de Patrekur a paru dans les journaux, et vous avez eu l'impression de reconnaître cet individu, Una. Se peut-il que vous ayez simplement souhaité qu'il s'agisse du même homme, que vous ayez voulu mettre un peu de piment dans votre vie ? Est-ce envisageable ?

Pour elle, pas du tout. Et pourtant, le doute planait désormais.

Elle avait pourtant bien vu cet homme, non ? Pourquoi Salka n'appuyait-elle pas son témoignage ? Una s'était-elle mise à imaginer toutes ces choses dans son existence recluse ?

Le silence se resserrait sur elle. Hjalti attendait

patiemment, ne semblant pas vouloir lui mettre la pression. Il fallait qu'elle dise quelque chose, de préférence quelque chose que tout le monde puisse approuver.

N'avait-elle pas entendu la moindre comptine ?

Avait-elle rencontré un autre homme que celui du journal ?

– Una, est-ce envisageable ? répéta Hjalti, toutefois sans une once d'accusation dans la voix – plutôt comme s'ils étaient de vieux amis bavardant d'un sujet tout à fait trivial.

– Ou… Oui, peut-être, balbutia-t-elle, plus sûre de quoi que ce soit.

– Je vois, dit le policier avec bienveillance. Voilà qui éclaire notre mystère. De mon expérience, l'explication la plus évidente est souvent la bonne. Nul besoin de se compliquer la vie.

Una hocha la tête, le regrettant immédiatement, de même que d'avoir répondu positivement à sa question. Évidemment, qu'elle en était sûre ! Elle avait vu Patrekur. Comment pourrait-elle se fourvoyer à ce point ?

Elle leva les yeux sur Salka, qui évita son regard.

– Enfin, ce fut quand même un plaisir de vous rencontrer, dit Hjalti. Ça aide la semaine à passer.

– Contente de vous avoir reçu, répondit Salka poliment. Vous voulez un autre café ?

– Je crois que ça ira, merci. Il vaut mieux que je retourne au poste. Ça aurait été intéressant pour nous si cet homme était vraiment venu ici avant de s'envoler en fumée, mais j'imagine que la vérité est plus simple. Sans doute un pauvre type, qui avait apparemment de mauvaises fréquentations, d'après ce que j'ai entendu dire.

– Effectivement, acquiesça Salka avant de se lever.

Hjalti l'imita, tandis qu'Una restait à demi pétrifiée. Elle n'éprouvait plus rien, en dehors peut-être d'une légère envie de vin rouge.

Una était directement remontée dans son appartement après le départ de Hjalti. Elle avait échangé quelques mots avec Salka, mais visiblement le lien s'était définitivement rompu entre elles.

Elle ne comprenait pas ce qui s'était passé, pourquoi son amie avait menti. Car elle n'en doutait pas : l'homme qui avait sonné chez elles était bel et bien Patrekur. C'était probablement la raison pour laquelle Salka s'était montrée si laconique après le départ de Hjalti : la culpabilité. Il fallait l'espérer, du moins ; cela signifierait qu'il lui restait un semblant de conscience.

Una ne se sentait plus capable d'enseigner. Ni même vraiment de continuer à vivre dans le village. Tout le monde s'opposait à elle, même Salka qui était pourtant responsable de sa venue. Devrait-elle repartir à la capitale, sans emploi, et emménager chez sa mère ? Essayer de joindre les deux bouts avec le loyer qu'elle percevait pour son appartement ? C'était baisser les bras, mais avait-elle un autre choix ?

Elle n'en avait plus rien à faire, de ce putain de Patrekur. Elle avait juste voulu bien agir, comme son père le lui avait enseigné, et cela s'était retourné contre elle. Peu importait pourquoi il était venu jusqu'ici, et pourquoi diable il avait disparu. Les gens disparaissaient tout le temps.

Helgi et Hilmar lui apparaissaient chaque nuit dans ses cauchemars. Morts, ils gisaient côte à côte dans une crevasse d'un champ de lave. Elle ignorait où, mais le rêve correspondait toujours à peu près à ce que les policiers lui avaient raconté. Elle ne se rappelait rien de tout cela, n'aurait pu affirmer avec certitude avoir été sur place, même si elle avait depuis longtemps avoué son implication.

Et maintenant, elle était inculpée, avec quelques autres personnes, pour ces deux meurtres.

Les journées passées au tribunal se ressemblaient toutes. Elle ne ressentait ni culpabilité ni regret, mais elle n'avait pas non plus l'impression d'être parfaitement innocente. Les descriptions des policiers étaient trop convaincantes pour ça.

Elle essayait de ne pas prêter attention à ce qui se passait, de crainte de perdre sa santé mentale.

Helgi ne lui manquait même plus. Enfin, presque plus. Elle avait fini par accepter qu'il ne soit plus là. Et si en effet elle avait pris part à son meurtre, elle ne pouvait pas se permettre d'éprouver la moindre nostalgie à son égard. Le temps passé avec lui semblait de toute façon presque irréel désormais. Si seulement cela n'avait jamais eu lieu, si seulement ils ne s'étaient jamais rencontrés, si seulement il n'avait jamais disparu. Lui et ce Hilmar.

Elle voyait fréquemment son avocat, qui affirmait qu'elle avait de bonnes chances d'être acquittée. Que la police n'avait rien d'autre entre les mains que son aveu.

C'était rassurant, mais elle n'osait imaginer ce que les journaux avaient pu raconter. Même acquittée, elle serait toujours considérée comme coupable. Pourrait-elle s'en sortir ?

Tout au fond, elle était convaincue qu'elle serait condamnée. Elle n'avait aucune chance face au système… face à la police, aux juges. Elle était sans valeur et pouvait être sacrifiée afin que l'affaire soit résolue simplement et proprement.

C'est pourquoi sa participation ou non aux deux meurtres n'avait plus aucune importance. Elle n'avait personne de son côté.

Elle était seule au monde. Et lorsqu'on est seul au monde, les concepts de culpabilité ou d'innocence n'ont plus vraiment de signification.

Réveillée par la sonnerie du téléphone qui, comme d'habitude, résonnait dans toute la maison, Una regarda l'heure. Fatiguée, elle s'était assoupie sur le canapé. Elle se demanda si elle ne devait pas courir en bas pour décrocher, mais elle savait – ou du moins en était presque sûre – que Salka était là, et elle ne voulait pas marcher sur ses plates-bandes. Ou plutôt : elle n'avait aucune envie de la croiser après ce qui s'était passé.

Le tintamarre s'arrêta au milieu d'une sonnerie. Salka avait sans doute répondu. De qui pouvait-il s'agir ? La jeune femme ne recevait pas souvent d'appels, surtout à une heure aussi tardive. Quelqu'un du village ? Peut-être pour annoncer une nouvelle réunion à laquelle Una ne serait pas conviée…

Elle sursauta lorsqu'on frappa à sa porte.

– Una ? fit Salka en passant la tête par l'interstice. Tu dormais ? Pardon. Quelqu'un au téléphone pour toi.

– Quoi ? Pour moi ? fit-elle en se levant et en se frottant les yeux.

– Une femme.

– Merci, j'arrive.

Elle força un sourire. Salka s'éclipsa, et elle lui emboîta rapidement le pas dans l'escalier pour rejoindre le hall d'entrée.

– Allô ?

– Una ? Salut. Je te réveille ? demanda Sara.

– Non, non, pas du tout. Il n'y a qu'un téléphone dans la maison, et j'étais là-haut.

– Oh, OK. Je verrai ça le jour où je te rendrai visite.

Bien sûr. Una s'abstint cette fois de lui demander quand cela aurait lieu, persuadée que ses jours à Skálar étaient de toute façon comptés.

– Comment vas-tu ? demanda-t-elle, réprimant un bâillement – elle n'était pas vraiment d'humeur à bavarder, mais peut-être qu'une conversation avec quelqu'un d'extérieur au village lui ferait le plus grand bien.

– Je voulais juste te dire que j'ai fait des recherches sur la fillette qui est morte.

Una se redressa, dans un soudain regain d'énergie.

– Ah ? Tu as trouvé quelque chose ?

– Oui, dans les bouquins de mes parents, figure-toi. Je n'ai pas eu à fouiller longtemps, mais je crois que j'en ai assez vu. À moins que tu aies l'intention d'écrire toute une thèse sur cette gamine.

– Pas vraiment, non. Que s'est-il passé ?

– Attache ta ceinture. C'était une lecture éprouvante. La pauvre enfant a ingéré du poison.

– Du poison ?

– Oui, tu imagines ? Quelle mort atroce pour une si petite fille !

– Dis-moi que c'était un accident...

– D'après ce que j'ai compris, ça n'a jamais été confirmé, ce qui rend cette histoire d'autant plus dérangeante. Tu imagines, si c'est quelqu'un qui l'a volontairement empoisonnée… On ne sait jamais. Dans ce genre d'environnement, les gens peuvent vite devenir fous. Qu'est-ce que tu en penses ?

Una était décontenancée. Elle ne s'attendait pas à un récit aussi sordide. Et Salka qui n'avait pas daigné lui raconter cette histoire… Elle devait pourtant être au courant.

– Alors, qu'en dis-tu ? insista Sara après un bref silence.

– Je… je ne sais pas. C'est une surprise, et c'est assez dérangeant, effectivement. La pauvre a dû terriblement souffrir, répondit Una, qui ne connaissait que trop bien les effets du poison sur l'organisme après ses études de médecine. De quelle substance s'agissait-il ?

– Le livre parle de mort-aux-rats. J'imagine qu'il fallait toujours en avoir à disposition dans le temps, à la campagne.

Pas étonnant que cette fillette ne trouve pas le repos, songea Una.

– Ça t'aide à quelque chose ? enchaîna Sara.

– Oui, beaucoup, merci. Il faut que j'essaie de comprendre ce village un peu mieux.

– Comment tu t'y sens ?

Una hésita. Elle voulait mentir, éviter un long débat, dire que sa vie ici ressemblait à un rêve, décrire à quel point c'était merveilleux d'habiter au cœur de la nature, de bénéficier d'une telle tranquillité. Cela aurait été la réponse la plus facile.

– C'est… c'est assez horrible, en fait, admit-elle finalement. Je ne m'entends pas avec les habitants, et je crois qu'ils ne m'aiment pas. C'est un lieu étrange, il y a beaucoup de chagrin. Et trop de secrets. Je ne suis pas sûre de tenir jusqu'à la fin de l'année.

Sara mit un petit temps à répondre.

– Je… je ne m'attendais pas à ça. Je croyais que tu étais heureuse là-bas.

– Je ne le suis plus. Je ne l'ai peut-être jamais été.

– Excuse-moi.

– Tu n'as pas à t'excuser, ma Sara.

– J'ai l'impression que… enfin… c'est moi qui t'ai montré l'annonce.

– J'ai pris la décision toute seule. Je ne me sentais pas bien à Reykjavík non plus, j'avais besoin d'un changement de décor. Ce n'est tout simplement pas le bon endroit.

– C'est très loin, bien sûr. Tu sais que je vais venir te voir dès que j'en aurai la possibilité.

– Il n'y a pas d'urgence.

– Non, je veux dire… je vais regarder comment est la météo ces prochains jours. Si c'est possible, je passerai ce week-end, ou le suivant.

– Ça me ferait plaisir, si je suis encore là.

– Tu as de la place pour m'accueillir ?

– Tout ce qu'il faut. J'ai un appartement entier pour moi toute seule, dit-elle avant d'ajouter, repensant au fantôme : Enfin, si on veut.

– Et au fait, cet homme qui a disparu ? Il n'a toujours pas été retrouvé, apparemment. Tu as du nouveau, de ton côté ?

– Rien du tout. Ce n'était peut-être même pas lui.

– Ah…

Un commentaire de l'agent de police revint soudain à Una.

– Au fait… On m'a dit que ce type, ce Patrekur, avait de mauvaises fréquentations. Les journaux en ont parlé ? Il était louche ?

– Tu n'es pas au courant ? Le *Helgarpósturinn* lui a consacré sa une le week-end dernier.

– Les journaux arrivent toujours en retard ici… quand ils arrivent.

– Eh bien, figure-toi que ce type faisait partie des principaux suspects dans l'affaire Helgi et Hilmar, avant que le trio n'avoue avoir commis les meurtres. Je n'en avais aucune idée, je ne crois pas que son nom ait été évoqué publiquement à cette époque.

– Et maintenant, voilà qu'il s'est volatilisé.

– Eh oui. Évidemment, l'article était très sensationnaliste, mais le journaliste se demandait s'il n'y avait pas un lien. Si les responsables de la mort de Helgi et Hilmar n'ont pas aussi organisé la disparition de Patrekur. Si c'est le cas, les trois condamnés n'ont rien à faire en prison.

– Il y a toujours eu des rumeurs clamant leur innocence…, glissa Una.

– Oui, j'en ai entendu parler. Mais du coup, tu ne penses pas que c'était ce Patrekur que tu as vu à Skálar ?

Visiblement, la couverture médiatique de cette disparition, aussi sensationnaliste soit-elle, avait éveillé l'intérêt de Sara.

– J'en doute. C'est difficile à dire, la photo de l'avis de recherche est de mauvaise qualité.

– Je vois. Ça aurait été une sacrée histoire. Tu aurais pu finir dans les journaux, voire te faire payer comme informatrice !

– Va savoir… Je vais y réfléchir.

Après tout, cela restait une possibilité, si elle voulait encore faire des vagues.

– On se recontacte très vite, Una, dit Sara d'un ton étonnamment chaleureux. Prends soin de toi. Et si tu te sens mal là-bas, reviens en ville. Ne t'obstine pas si ça te rend malheureuse.

– Merci. On se voit bientôt, j'espère. Et si tu viens, profites-en pour apporter quelques bouteilles de vin rouge.

– Tu peux compter sur moi !

Après avoir raccroché, Una jeta un coup d'œil dans la salle à manger. Assise à la table, la tête baissée, Salka semblait perdue dans ses pensées. L'occasion de la rejoindre et de discuter. D'essayer d'obtenir la vérité, pour une fois.

Le verdict ne la surprit pas.

Elle était désormais condamnée pour meurtre.

Ce n'était pas un choc aussi grand que ce qu'elle avait imaginé. Elle y était préparée.

Son avocat lui avait dit que l'affaire allait passer devant la Cour suprême, où leurs chances étaient meilleures.

Elle n'en était pas sûre. Elle avait depuis longtemps cessé de se battre.

Peut-être avait-elle été là, peut-être avait-elle pris part à l'assassinat de ces deux hommes, Helgi et Hilmar. Peut-être était-elle innocente alors que les deux autres inculpés étaient coupables. Ils avaient tous été condamnés. À des peines diverses.

Pour elle, seize ans de réclusion criminelle.

Elle évita de calculer l'âge qu'elle aurait en sortant. Son avocat avait tenté de lui redonner du courage. De la convaincre que le jugement de la Cour suprême serait plus clément, et que dans tous les cas, elle bénéficierait d'une remise de peine et ne passerait au maximum que huit années derrière les barreaux. Elle était déjà en détention préventive depuis presque un an.

« Ce sera évidemment déduit de votre peine », avait dit l'avocat avec un sourire contrit.

Facile de voir le bon côté, lorsqu'on n'est pas celui qui va passer ses prochaines années entre quatre murs.

En prison, elle avait mis en place une certaine routine, une journée à la fois.

Elle ne voulait pas commencer à compter les jours dès maintenant.

Et bien sûr, elle pouvait toujours espérer que la Cour suprême réduise sa peine.

– Salka ?

Elle sursauta et leva la tête, n'ayant visiblement pas entendu Una entrer.

– Oui ? fit-elle d'une voix faible, tournant vers elle un regard fuyant.

– Je peux m'asseoir avec toi ? Je prépare du café ?

– Je n'ai pas envie de café, merci. Pas tout de suite.

Una prit place face à elle. La vieille maison était plongée dans le silence. Salka baissa de nouveau la tête, comme si la surface de la table contenait les réponses à tous les mystères du monde.

– Je me suis renseignée sur Thrá, dit Una, ajustant quelque peu la réalité.

– Ah bon ? Mais pourquoi ?

– Je sais que tu voudrais que je ne me mêle pas de tes affaires, et j'espère que tu me pardonneras. Mais je suis curieuse, j'estime avoir un peu le droit de m'impliquer dans la vie et l'histoire de ce petit village.

– Tu n'as pas à t'excuser, Una, répondit Salka sans conviction.

– J'ai lu que… qu'elle avait ingéré du poison.

– Thrá ?

– Oui.

– Je ne pense pas qu'on puisse dire les choses comme ça. On m'a raconté qu'il y avait eu des articles dans les journaux, à l'époque. Une histoire horrible.

Sa voix avait gagné en gravité.

– Tu sais ce qui s'est passé ?

Salka ne répondit pas.

– C'était un accident ?

La jeune femme fixa Una, songeuse.

– Non. Ce n'était pas un accident. Ce n'était pas un putain d'accident, asséna-t-elle, en proie à une soudaine tension.

– Qu'est-il arrivé ? demanda Una après un long silence.

– Je t'avais dit que Thrá était la sœur de ma mère ?

Una secoua la tête. Elle aurait sans doute dû le pressentir.

– Sa grande sœur. Née en 1920. Ma mère avait deux ans lorsque c'est arrivé. Elle ne se souvenait de rien, bien sûr, mais on lui a raconté plus tard. Comme à moi. Les gens étaient au courant. J'ai entendu la vérité en grandissant. Ma mère n'en parlait jamais.

Devant le trouble évident de Salka, Una resta muette et lui laissa le temps de faire ressurgir ces souvenirs douloureux.

– La pauvre enfant a bu de la mort-aux-rats, mélangée à son lait. Personne n'a jamais vraiment su pourquoi grand-mère avait fait ça. Il n'y avait… aucune explication…

– Grand-mère ? Ta grand-mère à toi ? Elle a empoisonné sa propre fille ?

Salka acquiesça, les yeux brillant d'un tel chagrin

qu'on aurait pu croire qu'elle décrivait un événement récent, pas une tragédie survenue plus d'un demi-siècle auparavant.

– Tu es sûre ? demanda Una.

– Oui, oui, je crois qu'elle l'a avoué lorsqu'on lui a posé la question. Elle affirmait ne pas avoir pu s'en empêcher, mais elle ne parvenait pas à expliquer son geste. Comme si elle avait été prise d'un accès de folie.

– Elle a été condamnée ?

Sara ne lui en avait pas parlé. La femme ne s'en était tout de même pas sortie indemne ?

– Non. La police n'a jamais su, les villageois ont gardé le silence et ont soutenu grand-mère.

– Ils l'ont soutenue ? Et la petite ? Personne ne la soutenait ? s'exclama Una, abasourdie.

– Visiblement pas.

– Et après ça, elle a continué d'élever ta mère ?

– Oui. Je sais que ça paraît incroyable, mais c'est comme ça que ça se passait. On voulait éviter que le village ait mauvaise réputation. Comme aujourd'hui. Il y a tellement de choses qu'on n'a pas le droit de dire.

– Quoi, par exemple ?

– On se protège les uns les autres.

Lasse de ce petit jeu, Una insista :

– Qu'est-ce que je n'ai pas le droit de savoir ?

Salka la fixa du regard, mais resta muette.

– Il y a un secret, n'est-ce pas ? demanda Una.

– Je ne voulais pas te parler de ma grand-mère. Les gens ne sont pas vraiment au courant de cette histoire, en dehors du village. Elle est morte à un âge avancé, et a vécu dans cette maison jusqu'à son dernier jour.

– C'est terrible, Salka, je n'arrive pas à y croire.

– J'ai cessé de lui rendre visite quand j'ai appris ça, je ne pouvais plus la regarder dans les yeux. Je ne suis plus revenue ici avant d'hériter de la maison. C'est à ce moment-là que j'ai pu envisager mon retour. Ma famille est si profondément ancrée dans la région, je m'y sentais bien, jusqu'à…

Son regard était empreint de chagrin.

– Et tu comptes rester ?

– Je dois être là, aux côtés d'Edda. Je sens encore sa présence, comme celle de Thrá.

– Tu l'as vue, toi aussi ? Ou entendue ?

Salka acquiesça.

– Oui… enfin, je crois. Elle s'est toujours manifestée dans la maison. On ne peut pas se débarrasser d'elle. Et peut-être qu'il n'y a aucune raison de le faire. Je crois que les personnes qui meurent dans ces circonstances brutales finissent toujours par revenir, parce qu'elles n'ont pas pu achever ce qu'elles devaient faire… tu vois ? Cela ne s'est pas terminé comme prévu, alors elle se rappelle à nous.

Una garda le silence.

– C'est pareil pour Edda, fit Salka après une longue pause, la gorge serrée. Excuse-moi, c'est difficile d'aborder ce sujet.

– Je comprends… On en sait plus sur ce qui lui est arrivé ?

– Non, toujours pas d'explication. Elle allait très bien, rien ne suggérait un quelconque problème de santé.

– Je… Je n'ai pas de mots…

– Bien sûr, ça ne changerait rien. Mais je… je… Je me suis parfois demandé si j'avais peut-être fait quelque…

Sa voix se brisa.

– Fait quelque chose ? demanda Una. Comment ça ? Elle est tombée malade, tu n'y es pour rien !

– Je veux dire... Tu vois, comme ma grand-mère. Je lui ai peut-être donné quelque chose sans m'en souvenir. Je commence à croire que la maison a cet effet sur moi, qu'il y a un esprit et que...

Des larmes se mirent à rouler sur ses joues.

– Ou alors peut-être que c'est dans nos veines ? Ma grand-mère a tué sa fille... En étais-je capable ? L'ai-je fait sans m'en rendre compte ?

Elle éclata en sanglots et s'effondra sur la table. Se levant, Una posa une main prudente sur son épaule.

– Bien sûr que non, Salka. Ne dis pas de bêtises. On n'hérite pas ce genre de choses, murmura-t-elle sans aucune certitude. Tu n'aurais jamais pu faire de mal à Edda. Ne laisse pas ces pensées t'envahir.

– Non, je sais, je sais, balbutia la jeune femme entre deux hoquets.

L'occasion était venue, même s'il semblait injuste d'exploiter la fragilité émotionnelle de Salka :

– Dis-moi, l'homme qui a frappé à la porte juste avant Noël, tu es certaine que ce n'est pas le type de l'avis de recherche, Patrekur ?

Salka se redressa sans la regarder.

– Je crois que je vais aller m'allonger, Una.

Sur ces mots, elle quitta la pièce.

Una resta figée une seconde, pensant à la mort d'Edda. Elle n'avait désormais plus aucune certitude. Salka aurait-elle pu en être responsable sans s'en rendre compte ? Avait-elle empoisonné sa fille, comme sa grand-mère l'avait fait à l'époque ?

De ses études de médecine, Una se souvenait qu'il

existait des médicaments faciles d'accès pouvant entraîner de sérieux dommages au foie sans laisser de traces dans le corps. Peut-être... peut-être...

Non, elle n'était décidément plus sûre de rien.

« L'accusée, Björg Helgadóttir, est condamnée à seize ans de réclusion criminelle, desquels sera déduite la durée de sa détention préventive… »

Pour une étrange raison, elle avait retenu au mot près le jugement de la Cour suprême. Sa plus grosse erreur avait été de s'autoriser à espérer. L'espoir rendait la déception d'autant plus douloureuse. Cette vie ne lui accorderait donc aucune justice.

Assise dans sa cellule, elle avait commencé à compter. Il lui restait de nombreuses années à purger, bien sûr, mais à présent le jugement était définitif et ne serait plus remis en question. Il fallait qu'elle l'accepte et regarde devant elle. Ce qui n'était pas une tâche aisée. Loin de là.

Elle était sobre depuis longtemps, s'y était habituée. L'alcool et la drogue qui avaient coloré son existence de teintes si sombres n'étaient plus que le souvenir flou d'une autre vie. Et plus elle repensait à cette affaire – elle avait largement le temps de réfléchir –, plus elle était certaine d'avoir raison. Si elle avait participé à un meurtre – voire deux – elle s'en serait souvenue, en état d'ébriété ou pas. Malgré ses aveux, elle ne parvenait toujours pas à se rappeler avoir fait le moindre mal à Helgi et Hilmar.

Mais voilà, elle était enfermée et ne pouvait plus rien y changer.

Aucune issue.

Elle revoyait de temps en temps son avocat – de plus en plus rarement – qui affirmait la croire, croire en son innocence.

Peut-être mentait-il. Ou pas. Peu importait.

Il lui avait promis de ne pas l'oublier. De se battre pour rouvrir le dossier si de nouveaux indices apparaissaient. Quelque chose qui prouverait son innocence.

Mais à l'heure actuelle, toujours rien.

Una avait au moins une certitude.

Cet homme – qui était bien Patrekur, à n'en pas douter – était allé chez Hjördís. La jeune femme possédait donc peut-être la clé de toute cette histoire, si Una n'avait pas encore complètement rompu avec la réalité. Cette fois, elle était parfaitement sobre. Elle revoyait tout. La visite de Patrekur, le ton de sa voix lorsqu'il avait demandé où habitait Hjördís. Et merde, elle se souvenait distinctement de son apparence ! Peu importait ce que Salka pouvait raconter. C'était bel et bien le même homme.

À presque minuit, Una n'était toujours pas fatiguée. Elle voulait arriver au bout de ce mystère. Peut-être que cela ne la regardait pas, mais on l'avait menacée, de manière directe ou indirecte. Salka avait menti, à elle ainsi qu'à la police. Les villageois s'étaient ligués contre elle. Une fillette était morte et un homme lié à une affaire criminelle bien connue avait débarqué à Skálar avant de disparaître sans laisser de traces.

Elle méritait de connaître la vérité.

Una se dirigea vers la ferme sans avoir pris le temps de s'équiper contre les caprices de la météo. Malgré l'heure tardive, les lumières étaient allumées à l'intérieur. En s'approchant, elle distingua les silhouettes des deux habitants par les fenêtres. Bien dissimulée par l'obscurité, elle n'attira pas leur attention. Ce n'est que lorsqu'elle eut presque atteint la porte, éclairée par la lampe extérieure, que Thór la remarqua.

Il la regarda un instant et secoua tout doucement la tête, de manière presque imperceptible, mais assez pour qu'elle comprenne qu'il fallait faire demi-tour, partir, ne pas envenimer la situation.

Cela lui rappela sa première soirée à Skálar, lorsqu'elle avait aperçu la petite fille par la fenêtre de chez Salka. Edda… ou Thrá ? L'enfant n'avait-elle pas cherché à la prévenir ? Lui dire de faire machine arrière pendant qu'il était encore temps… Et maintenant, était-ce le même avertissement ?

Elle s'arrêta, réfléchit.

Il était trop tard pour reculer.

Elle frappa à la porte. La coupe était pleine. Du coin de l'œil, elle vit Hjördís se lever.

– Una, dit-elle en lui ouvrant.

Son ton, parfaitement égal, n'exprimait ni surprise, ni colère, ni crainte, ni joie.

– Je peux entrer ?

Il n'y avait plus de temps à perdre, il fallait aller droit au but. Hochant la tête, Hjördís s'écarta pour la laisser passer.

– Assieds-toi.

Installé à la table de la cuisine, Thór semblait inaccessible. Il évitait son regard, et son épaisse barbe cachait les traits de son visage. Una prit place, à une bonne distance de lui, et Hjördís l'imita.

– Qu'est-ce qu'on peut faire pour toi ? demanda cette dernière, une pointe de frustration dans la voix.

– Un policier est venu me voir. À cause de cet homme qui a logé chez vous.

– Nous sommes au courant.

– Il est vite reparti. Salka s'en est assurée.

– Je vois. Qu'est-ce qu'il pouvait bien nous vouloir ? C'est… C'est le village le plus tranquille de tout le pays.

– Cet inconnu qui a frappé à notre porte, je sais qui c'est. Il s'appelle Patrekur, n'est-ce pas ?

Hjördís secoua la tête.

– Non.

– Un vieux camarade d'école, c'est ça ? C'est ce que tu m'as dit à l'église.

– Tout à fait.

Una jeta un rapide regard à Thór qui baissa instantanément les yeux. Visiblement, il ne voulait pas prendre part au débat.

– J'ai vu une photo de lui dans le journal. C'est l'homme que la police de Reykjavík recherche. Il a disparu depuis un bon moment. J'ai entendu dire qu'il était lié à l'affaire Helgi et Hilmar. Qu'il faisait partie des principaux suspects.

Hjördís resta silencieuse.

– Tu n'as pas vu sa photo ? demanda Una avec insistance.

– Si. Et ce n'est pas le même homme. Je suis bien placée pour le savoir.

D'un ton acerbe, elle ajouta :

– Tu devais encore être ivre.

Sa consommation d'alcool n'était donc plus un secret pour personne. Et soudain, Una eut la sensation que les autres habitants de Skálar avaient convenu de mettre toute cette situation sur le dos de la boisson.

Mais elle n'abandonnerait pas.

Pas maintenant.

À voir le regard de Hjördís, il était évident qu'elle mentait.

– Il est reparti dès le lendemain matin ?

– Qu'est-ce que ça peut te faire ? répliqua Hjördís avec fureur. En quoi ça te regarde, ce que fait l'un de mes vieux camarades ? Je ne sais même pas pourquoi il traînait dans le coin.

– Je peux très bien rappeler la police. Leur dire de venir vous voir.

– Fais donc ça, cracha Hjördís.

– Il s'est passé quelque chose ? Pendant qu'il était chez vous ? Quelque chose qui pourrait expliquer sa disparition ?

– En quoi ça te concerne, bordel ?

Una haussa le ton à son tour :

– Tout le monde me ment ! Une fillette est morte, un homme a disparu. Allez savoir si ça n'est pas lié !

– Ça n'a rien à voir, bon sang !

– Dites-moi la vérité !

– Il n'y a rien à dire, répondit Hjördís, un peu plus calmement.

Levant soudain les yeux, Thór fixa Una avant de se tourner vers Hjördís.

– Dis-lui, fit-il d'un ton posé. Dis-lui tout.

– Quoi ? Tu plaisantes ? On ne peut pas ! siffla-t-elle.

– Bien sûr qu'on peut. C'est notre secret, merde !

Hjördís se leva.

– Tais-toi avant de dire quelque chose que tu pourrais regretter.

– C'est notre secret, et je lui fais confiance.

Il reporta son attention sur Una, une lueur de désespoir dans les yeux.

– Je peux te faire confiance, Una, n'est-ce pas ?

Déboussolée, celle-ci resta interdite. Regardant Thór, elle sut très vite ce qu'elle allait répondre ; elle avait envie, voire besoin d'apprendre la vérité.

– Oui, bien sûr.

– Putain de merde, cracha Hjördís. C'est une blague ?

– Tout va bien. Una est des nôtres à présent. Le village partage ce secret avec nous, et maintenant elle fait partie du groupe. Ça ne sert à rien d'essayer de temporiser, regarde comme ça nous a réussi jusque-là. Je ne veux pas revoir la police ici.

1986.

Björg allait avoir trente ans.

Autrefois, elle redoutait cet anniversaire. C'était pour elle le véritable passage à l'âge adulte. Et jamais elle n'aurait imaginé qu'elle le vivrait en prison.

Cela faisait cinq ans que sa peine était tombée.

On lui avait dit qu'elle pourrait sans doute demander une libération conditionnelle dans trois ans. Ce n'était pas tant que ça, finalement. Elle avait déjà manqué tellement de choses, les meilleures années de sa vie s'étaient envolées. Elle avait depuis longtemps abandonné la bataille pour rouvrir l'affaire ; tout ce qu'elle espérait à présent, c'était sortir dans trois ans – démunie, seule, sans réelle éducation, et avec une condamnation pour homicide sur le dos. Elle devrait se reconstruire, d'une manière ou d'une autre.

Elle ne se croyait plus coupable du meurtre de Helgi et Hilmar. Ces mensonges que la police lui avait racontés ne lui semblaient plus aussi crédibles qu'à l'époque où elle était à l'isolement et aurait avoué n'importe quoi pour y échapper.

Il était trop tard pour agir à présent, personne ne la sauverait.

Tout ce qu'il lui restait à faire, c'était compter.

Trois ans.

– Tu as évoqué l'affaire Helgi et Hilmar, commença Thór.

– Oui ?

– J'imagine que tu la connais bien.

Una acquiesça. Comme il ne reprenait pas la parole, elle combla le silence :

– Trois jeunes ont assassiné deux hommes, Helgi et Hilmar. Il y a six ou sept ans. Les corps n'ont jamais été retrouvés, mais ils ont tous avoué.

– C'est bien ça.

– Et euh… la petite amie d'une des victimes faisait partie des condamnés, si je me souviens bien.

– Oui, celle de Helgi. Elle s'appelle Björg. Elle a avoué comme les deux autres, poursuivit Thór. Helgi et Hilmar étaient impliqués dans un trafic de drogue de grande envergure, contrôlé par des hommes particulièrement dangereux.

Una ne se souvenait pas des détails, mais elle se rappelait bien le déballage médiatique que l'affaire avait suscité ; même les politiques s'étaient mêlés au débat, exigeant que l'enquête soit résolue dans les meilleurs délais. Il s'était pourtant écoulé un certain temps avant que les trois jeunes soient arrêtés, et encore davantage avant qu'ils admettent leur culpabilité.

– Una, reprit-il d'un ton grave, tu ne dois jamais répéter ce que nous allons te dire maintenant. Ça ne doit jamais sortir d'ici. Promis ?

Elle hocha la tête sans conviction.

– Le truc, Una, c'est que je sais que ces gens… la petite amie de Helgi et les deux hommes… je sais qu'ils sont tous innocents. Et je sais même qui… qui est le véritable coupable.

Una devinait sans peine la direction que la conversation allait prendre. Elle se préparait à ce qui allait suivre les derniers mots de Thór. *Je sais même qui est le véritable coupable.* Elle attendait simplement qu'il le dise. Qu'il avoue le meurtre. Cet homme dont elle s'était entichée. Était-elle tombée amoureuse d'un assassin ? Une autre question jaillit dans son esprit : voulait-elle vraiment connaître la vérité ? Pourrait-elle tenir sa promesse de garder le silence ?

– Thór…, l'interrompit-elle alors qu'il s'apprêtait à reprendre la parole. Je crois… Je crois que…

Je crois que je ne veux pas en savoir plus, voulait-elle dire, mais elle ne parvint pas à terminer sa phrase. La curiosité prenait toujours le dessus. Elle avait besoin d'explications au sujet des étranges événements qui touchaient Skálar. Et elle avait aussi envie de savoir ce qui s'était réellement passé dans l'une des affaires criminelles les plus médiatisées de ces dernières années en Islande.

Thór lui lança un regard interrogateur.

– Tout va bien ?

Elle hocha la tête.

– Ils sont vraiment innocents ? Les trois condamnés ?

– Oui. Patrekur… cet homme que tu as rencontré… c'est lui qui aurait dû finir en prison, pas eux. Une putain de brute diabolique.

Una fut prise de vertige. Thór n'avait donc pas commis ce crime ? Soulagée l'espace d'une seconde, elle resta néanmoins sur ses gardes.

– Comment le sais-tu ? Tu étais… Tu étais impliqué dans ces meurtres ?

Elle regretta aussitôt cette formulation.

– Non. Mais je ne suis pas étonné que tu me poses cette question. J'ai connu Patrekur, dans de mauvaises circonstances. Je sais bien de quoi il était capable.

Elle nota qu'il parlait de l'homme au passé.

– Et pourquoi est-il libre ?

– La police a bâclé l'enquête. Ils ont arrêté les premiers venus, et la justice n'a pas cherché plus loin.

– Si c'est vrai, Thór… Si… Pourquoi tu n'en parles pas aux autorités ? Tu as des preuves ? Des éléments qui les innocenteraient ?

Pris d'une hésitation, il fuit son regard. Una se tourna vers Hjördís qui restait à part, l'expression sévère.

– Una, je ne peux rien faire, lâcha-t-il enfin.

– Pourquoi ? demanda-t-elle, d'un ton plus acerbe qu'elle ne l'aurait voulu.

– Parce qu'ils me tueraient. Ces salauds sont extrêmement dangereux.

– Qui ?

– Les types qui avaient la main sur le trafic, et qui le dirigent toujours. Nous n'étions que des pions dans cette histoire, tu comprends ? Nous comptions nous retirer, les dénoncer. Ils étaient allés beaucoup trop loin. Et puis, ils ont appris nos intentions.

– Qui ça, « nous » ?

– Helgi et moi.

– Helgi ? L'homme qui a été tué ? Tu le connaissais ?

– Oui. Nous voulions aller voir la police ensemble. C'est là que Patrekur a été envoyé.

– Envoyé… ?

– Pour nous éliminer, Una.

– Quoi ? Mais tu m'as dit qu'il avait assassiné Helgi et Hilmar. Il voulait te tuer, toi aussi ? Tu as réussi à lui échapper ?

– Tu ne comprends pas, Una, dit-il en baissant la voix avant de tendre la main par-dessus la table pour prendre la sienne. Il n'a tué que Helgi ; le corps n'a jamais été retrouvé, il l'a probablement jeté dans un champ de lave de la péninsule de Reykjanes. Quant à Hilmar… Il a simplement disparu sans laisser de traces. Il a survécu, et il est assis en face de toi.

– Comment ça ?

Le cœur d'Una s'emballa, la tête lui tournait. Elle était persuadée d'avoir mal entendu.

Thór avait-il vraiment dit que Hilmar était assis en face d'elle ?

Hilmar, cet homme qui avait disparu à la même époque que Helgi… Cet homme pour le meurtre duquel trois jeunes avaient été condamnés à de la prison ferme ?

– Hilmar Thór, poursuivit-il. Je m'appelle Hilmar Thór.

Il lâcha sa main, se leva et se dirigea vers Hjördís dont il agrippa les épaules.

– Hjördís est ma sœur. Ma demi-sœur, pour être plus exact. Notre père vivait dans cette ferme.

Hilmar Thór.

– Tu… Tu vis ici depuis… depuis que tu as disparu… depuis tout ce temps ?

Était-ce possible ? S'agissait-il vraiment de l'homme dont on avait cherché le corps pendant toutes ces années ? Avait-il laissé des innocents finir en prison sans rien dire ?

– Oui, répondit-il d'une voix égale. Je me suis réfugié à Skálar quand j'ai vu que les choses tournaient mal. Je savais que ma sœur prendrait soin de moi. Je n'avais jamais vécu ici, et en réalité, Hjördís et moi n'avions jamais été proches, nous communiquions peu. Je me disais que personne ne viendrait me chercher dans ce village. Et comme tu l'as sans doute compris, je vivais dans la maison, pas dans la dépendance. Excuse-moi de t'avoir menti. Je ne pensais pas passer autant de temps ici, je ne pensais pas que cette affaire prendrait de telles proportions. Ça s'est emballé, et au bout d'un moment j'ai fini par me dire que je ne pouvais plus me rendre. Et puis, j'étais en danger. Je me suis laissé pousser la barbe, par sécurité. J'ai peur, si tu savais… Ces hommes me terrifient. Personne n'avait eu l'idée de me chercher dans un endroit pareil, jusqu'à ce que Patrekur débarque.

Una essaya de se rappeler les photos de Helgi et Hilmar parues dans les journaux. Tous les Islandais les avaient vues. Avec cette barbe, difficile d'imaginer que Thór puisse être le même homme. À présent, elle comprenait pourquoi il lui avait semblé familier la première fois qu'elle l'avait vu.

– C'est pour ça que j'étais un peu fuyant lors de notre rencontre. Je me disais que ce n'était sans doute pas une bonne idée de faire ta connaissance dans ces circonstances.

– Patrekur te cherchait ? demanda-t-elle.

– Oui, mais… en fait, je pense qu'il cherchait plutôt Hjördís. Ces types ont été à ma poursuite toutes ces années, ils voulaient achever leur mission. D'une manière ou d'une autre, ils ont dû apprendre que j'avais une demi-sœur ici. Je ne crois pas qu'il ait *su* que je m'étais réfugié chez elle, mais peut-être avait-il des soupçons.

– Salka a téléphoné pour me prévenir, glissa soudain Hjördís.

Una se rappelait l'appel en question, qui lui apparaissait désormais sous un nouveau jour. Salka n'avait pas contacté Hjördís pour annoncer l'arrivée d'un vieil ami, mais pour l'avertir du danger. Ce qui soulevait une autre question :

– Salka est donc au courant ?

Se tournant vers Thór, elle ajouta :

– Elle sait qui tu es ?

C'est Hjördís qui répondit :

– Tout le monde à Skálar le sait. Il n'y avait aucun moyen de le cacher, et nous avions parfois besoin d'aide pour protéger mon frère. Comme tu le sais, Una, notre village est le lieu de naissance de quatre amis inséparables : notre père, Guffi, Gunnar et le père de Kolbeinn. Quatre amis qui se serraient les coudes quelles que soient les circonstances. C'est resté ancré en nous, nous avons toujours été solidaires. Salka était prête à prendre notre défense, ses grands-parents sont du coin, et les villageois avaient fait front pour sa grand-mère lorsque sa fille était morte. C'est pourquoi Guffi... et nous tous, en fait... nous étions opposés à ta venue. Salka a dû se battre pour nous convaincre. Elle voulait que les enfants bénéficient d'une véritable éducation, et elle était prête à parier que tu ne découvrirais jamais la vérité sur Thór. De mon côté, j'espérais que vous ne vous croiseriez pas, mais ce n'était évidemment pas très réaliste. D'ailleurs, vous vous êtes rencontrés dès le premier soir, il me semble ?

Una hocha la tête avant de boire une gorgée de café, dont elle avait grand besoin.

– Je… je n'arrive pas à y croire, bafouilla-t-elle. Personne ne voulait de moi ici et… et vous m'avez constamment menti.

– Nous ne pouvions pas te faire confiance, répliqua Hjördís d'un ton lourd.

– Il aurait mieux valu que tu ne fasses pas le lien avec Patrekur, Una, dit Thór.

Soudain, elle prit peur. Était-elle en sécurité ici ? Ils lui avaient révélé un effroyable secret. Si elle le gardait, elle laisserait croupir des innocents en prison. Pouvait-elle vivre avec ça ? Thór et Hjördís pouvaient-ils réellement lui faire confiance ?

– Oui, cette putain de photo dans le journal…

– J'aurais pu ne jamais la voir, dit Una. Les journaux n'ont pas été distribués.

Face à l'expression de Hjördís, Una comprit que ce n'était pas du tout une coïncidence.

– Gunna s'est occupée de faire disparaître le journal, expliqua la jeune femme après avoir échangé un regard avec son frère. Tu lui avais parlé de tes soupçons, et elle nous l'a dit, ainsi qu'à Guffi. Nous espérions que tu en resterais là.

– Et ensuite, Salka a menti au policier, poursuivit Una. Elle a prétendu que l'homme qui était venu n'était pas Patrekur.

– Bien sûr, répondit Hjördís d'un ton glacial.

– Je ne comprends pas comment vous vous en êtes tirés. Quelqu'un doit bien savoir… qu'il est ici. Dans un village de dix habitants…

Elle s'arrêta net, frappée à nouveau par un fait qui lui avait jusque-là échappé. Elle compta dans sa tête : *Salka et Edda, Guffi et Erika, Gunni et Gunna, Kolbeinn, Inga et Kolbrún… et enfin, Hjördís et Thór.* Onze personnes. Il y avait onze habitants dans ce village, et non pas dix comme l'annonçait le chiffre officiel. Bon sang. Elle aurait dû le remarquer.

– C'est très facile, enchaîna Hjördís. C'était très facile jusqu'à ce que ce putain d'assassin débarque ici pour trouver mon frère et le tuer.

Patrekur.

La question restait suspendue en l'air. Una hésita avant de prendre une profonde inspiration et de la poser :

– Où est-il ? Où est Patrekur ?

Le silence pour seule réponse.

– Où est Patrekur ? Je *sais* que vous le savez. Et si vous ne voulez pas que je vous dénonce, vous devez me dire toute la vérité.

Elle n'avait aucune envie de trahir Thór. Elle voulait être de son côté, du côté des villageois. Elle l'aimait beaucoup, peut-être même en était-elle amoureuse, tout simplement. Lui et sa sœur venaient de lui confier un secret particulièrement sensible. Si elle le divulguait, elle le mettrait probablement en danger. Pourrait-elle vivre avec son meurtre sur la conscience ?

– Disons qu'il a eu une mésaventure, répondit finalement Hjördís.

– Il est mort ?

Elle hocha la tête.

– Que s'est-il passé ?

– Je comptais m'en débarrasser toute seule. Quand Salka a téléphoné, nous ne savions pas si c'était vraiment lui, mais par prudence, Thór s'est caché. Lorsque ce type est arrivé, je n'avais plus aucun doute : pour moi, c'était Patrekur. Il a demandé à loger à la ferme pour la nuit, et je lui ai dit que j'avais une chambre à disposition et que je pouvais lui préparer à manger. Il n'était pas menaçant au début, il voulait certainement se familiariser avec son environnement avant d'agir.

Elle marqua une courte pause, inspira et poursuivit :

– Je me suis dit que le mieux était de lui régler son compte une bonne fois pour toutes. En priant pour que personne en dehors du village ne sache qu'il était venu ici. Malheureusement, mon plan n'a pas fonctionné. Plus tard dans la soirée, Patrekur s'est assis à la même place que toi et, sans dissimuler ses intentions, il m'a dit chercher Hilmar Thór. Il savait que j'étais sa sœur, il a menacé de me torturer, voire de me tuer si je ne lui révélais pas où mon frère se cachait. J'ai réussi à attraper un couteau et à le maintenir à distance le temps de m'enfuir de la maison. C'est là que Thór a pris le relais...

– C'était de la légitime défense, poursuivit l'intéressé. Je me protégeais, et je protégeais ma sœur. Ce salaud méritait de mourir, c'est tout.

– Que s'est-il passé ensuite ?

– J'étais caché au sous-sol. Quand je l'ai entendu menacer Hjördís, j'ai attrapé une planche de bois, je suis monté et je l'ai frappé. Encore et encore. Ça ne pouvait plus durer. Et de toute façon, une fois qu'il m'avait vu, nous n'avions plus le moindre espoir d'être en paix.

Una avait du mal à retrouver son souffle. Thór venait d'avouer un meurtre, et ne semblait pas éprouver le moindre remords, plaidant la légitime défense et le fait que sa victime ne méritait pas de vivre...

Elle essaya de se mettre à sa place, d'imaginer ce que cela pouvait faire de passer toutes ces années à fuir, à se cacher... D'être acculé jusqu'au moment où le seul choix restant, c'était se battre. Était-elle à même de juger du bien ou du mal dans ce monde marginal auquel il était mêlé ?

Patrekur était donc mort assassiné la veille de la cérémonie de Noël. Hjördís et Thór s'étaient ensuite joints aux festivités comme si de rien n'était.

– Qu'avez-vous fait de lui ? demanda Una.

Ses interlocuteurs échangèrent un regard.

– J'ai pris sa voiture, dit Thór. Je l'ai conduite jusqu'au bord d'une falaise en pleine nuit et je l'ai poussée. Hjördís m'a suivi, et m'a ensuite ramené. Comme tu le sais, on peut rejoindre la route depuis notre ferme sans se faire remarquer par le reste du village.

– Et... vous pensez vraiment qu'on ne le retrouvera pas ?

– Personne ne le cherche. La mer se chargera de son sort. Avec un peu de chance, on n'en entendra plus parler.

Le silence retomba. Una avait un nœud à l'estomac. Tous ces événements lui semblaient si irréels, et en même temps si désagréablement concrets. Un homme avait été tué, mais étrangement elle était presque indifférente à son sort, soulagée que ce règlement de comptes se soit soldé par la mort de Patrekur plutôt que par celle de Thór. Et maintenant, elle regrettait amèrement d'avoir contacté la police.

– Je ne sais pas quoi dire, soupira-t-elle. Je dois sortir, j'ai besoin d'un peu de temps pour digérer tout ça.

– Ne t'avise pas de nous trahir, siffla Hjördís d'un ton menaçant.

– Ce n'est pas mon intention, répondit Una avec sincérité.

Regardant la jeune femme dans les yeux, elle eut la sensation que celle-ci était capable de tout pour protéger son frère. Elle se rappela alors la phrase qu'elle avait prononcée plus tôt : *Je comptais m'en débarrasser toute seule.*

– Hjördís, c'était quoi, ton plan ? Comment voulais-tu te débarrasser de lui ?

– Je... Je comptais l'empoisonner.

– Quoi ?

– Je ne savais pas exactement quel effet ça aurait. J'avais dit à Patrekur que le dîner était inclus dans le prix de la chambre. J'ai préparé une *kjötsúpa*[1] bien épicée pour le dîner, et je l'ai laissée sur la table avant de sortir. Je ne voulais pas être là, pour le cas où il s'étonnerait que je ne mange pas avec lui.

– Qu'est-ce qui a raté ?

– Je ne sais pas... Il a pourtant tout avalé, l'assiette était vide quand je suis revenue, plus tard. Mais il semblait en pleine forme, comme si ça n'avait pas eu d'effet sur lui.

– Qu'est-ce que tu lui as donné ? Quel genre de poison ? Peut-être que la substance n'avait pas un effet immédiat.

Una avait de nouveau l'impression d'être étudiante en médecine.

– Du paracétamol. C'est ce que j'avais de plus fort sous la main. J'ai entendu dire que cela pouvait être dangereux en grande quantité.

Una hocha la tête, but une gorgée du café au goût infect, qui pour ne rien arranger avait refroidi.

1. Soupe à base de viande (généralement d'agneau) et de légumes divers.

– Je vois. Je crois que ça ne fonctionne pas sur-le-champ. Je pense que ça prend bien…

Elle s'interrompit.

Un frisson glacial lui parcourut le dos.

Elle se leva, et la pièce se mit à tourner à toute vitesse autour d'elle.

Au fil des jours passés dans cette petite cellule, Björg avait fini par comprendre l'importance de l'espoir.

Des jours, des mois, des années...

Une étincelle d'espoir pouvait maintenir en vie lorsque toute issue semblait condamnée.

C'est pourquoi elle détestait les journées comme celle-ci, lorsqu'elle se réveillait envahie par le désespoir, écrasée par le poids de son inanité, incapable de bouger, sans même avoir la force de quitter son lit inconfortable, de manger, de parler. Dans ces moments-là, l'isolement était si oppressant, la privation de liberté si accablante.

Elle avait envie de baisser les bras, n'avait plus l'énergie de continuer à se battre contre ces moulins à vent, ces gens qui l'avaient enfermée ici en dépit de toute raison.

Elle demeurait malgré tout persuadée que la situation finirait par s'arranger.

Peut-être que demain serait un jour meilleur.

Les paupières serrées, Una essayait de faire passer son profond malaise. Elle avait la nausée.

Rouvrant les yeux, elle retrouva un semblant de calme. Hjördís et Thór la regardaient toujours, assis dans la cuisine de cette ferme au décor vieillot et oppressant, avec son mobilier d'un jaune vif. Même la tasse de café posée devant elle, à la porcelaine parcourue de fissures, semblait d'un autre temps.

Ils avaient tous deux l'air grave. Complices d'un meurtre dans une certaine mesure pardonnable. Et à en juger par leur attitude, la mort de Patrekur ne pesait pas très lourd sur leur conscience.

Elle regarda Hjördís qui la dévisageait, puis se tourna vers Thór qui baissa la tête.

Ils n'ont pas la moindre idée de ce qu'ils ont fait, songea-t-elle, prise d'un nouveau frisson.

Elle devait le leur dire. Elle ne pouvait évidemment pas les protéger, même si elle était persuadée que cela constituerait un immense choc pour Thór.

Ils n'ont pas la moindre idée de ce qu'ils ont fait...

Silencieux, Hjördís et Thór attendaient qu'Una poursuive. Celle-ci resta immobile, debout, tandis que sa phrase inachevée demeurait suspendue en l'air.

– Je… Je crois que le paracétamol, dans une telle quantité, mettrait un peu de temps à causer des dommages. Je ne suis pas sûre, mais peut-être… peut-être une journée, environ.

– Une journée ? fit Hjördís, qui ne paraissait pas voir où elle voulait en venir. Donc il serait sans doute mort plus tard ?

– Ce n'est pas le problème, Hjördís… Je ne pensais pas à Patrekur.

– Ah ? Mais à qui, alors ?

Una se tut. Elle vida sa tasse de café froid pour se donner du courage.

– Je… Je pensais à Edda.

– Edda ?

Le nom s'abattit lourdement sur eux, et Hjördís comprit la première. Se levant d'un bond, elle cria :

– Non, pas Edda… non, non… non…

Elle retomba sur sa chaise et porta ses mains à son visage.

– Le paracétamol endommage le foie. Comme ce qui a tué Edda…

Hjördís était comme assommée.

– C'est impossible…

– La cérémonie de l'église a eu lieu environ vingt-quatre heures après que tu as préparé cette *kjötsúpa*, Hjördís. Et tu m'as bien dit que tu avais retrouvé l'assiette vide ?

– Oui, je pensais juste qu'il l'avait terminée, je ne lui ai pas posé la question et… maintenant ça me revient, il m'a dit qu'il était resté allongé dans sa chambre. Il ne m'a pas parlé de son dîner…

– Edda ne venait-elle pas parfois manger chez vous ? demanda Una, qui connaissait déjà la réponse.

Le premier soir à Skálar, Salka lui avait dit que sa fille passait son temps à errer dans le village et qu'elle se faisait fréquemment inviter à manger ici ou là. Même à la ferme. La veille de la cérémonie de Noël à l'église, ce fameux soir où Patrekur était apparu, Una et Salka avaient dîné ensemble. Comme souvent, Edda n'était pas à la maison, et personne ne s'en était inquiété. La petite aimait traîner dehors ou rendre visite aux voisins.

Hjördís acquiesça et leva la tête, d'une pâleur cadavérique.

– Si, très souvent. Elle allait et venait, mangeait chez nous, la plupart du temps nous savions qu'elle était là, mais parfois… parfois elle chapardait quelque chose dans le réfrigérateur à notre insu…

– C'est donc ce qui s'est passé, dit Una, plus pour elle-même que pour eux. Une terrible erreur, un accident tragique, et Edda en a été la victime.

Son cœur se serra pour Hjördís, qui avait voulu tuer Patrekur mais avait causé la mort de la fillette.

Toute vie est sacrée, lui avait-on appris. Mais la réalité n'était jamais aussi simple, jamais aussi manichéenne. Sur la balance de l'existence, Edda pesait tellement plus que Patrekur. Lui pouvait bien reposer dans son tombeau aquatique, elle n'en avait rien à faire, et elle n'allait certainement pas dénoncer Hjördís et Thór pour ce crime.

Mais elle continuait de se demander si elle pouvait garder le silence concernant l'autre secret, la véritable identité de Thór. Dans ce cas, les victimes étaient les trois jeunes toujours emprisonnés pour l'avoir assassiné. Elle devait encore y réfléchir. Car il ne fallait pas le mettre en danger.

Enfin, il y avait Edda. Ou plutôt Salka. Ne devait-elle pas lui raconter ce qui s'était passé ? À coup sûr, cette révélation ferait éclater la solidarité qui unissait les villageois, mais Salka devait savoir. Tôt ou tard.

Hjördís et Thór étaient anéantis. Ils avaient besoin de paix et de tranquillité, aussi Una s'éclipsa-t-elle sans même dire au revoir, disparaissant dans les ténèbres avec la sensation de porter sur son dos tous les secrets du monde.

III

Quatre semaines plus tard

Thrá ne s'était pas manifestée de tout le mois.

Una était presque convaincue que la fillette avait été le fruit de son imagination, probablement nourrie par sa consommation d'alcool. Elle n'aurait su dire si elle était ivre à chaque fois qu'elle l'avait vue ou entendue, mais cela faisait maintenant quatre semaines qu'elle ne buvait plus une goutte. Plus précisément depuis la terrible soirée chez Hjördís et Thór.

Abandonnant l'alcool au moins temporairement, elle avait décidé de donner une chance à sa relation avec le jeune homme. Qui se passait plutôt bien. Ils avançaient à tâtons, évitaient de trop parler de l'avenir et de tous les problèmes techniques qu'engendrait le fait de vivre avec, voire d'épouser, un homme « mort »… Problèmes qu'ils s'efforceraient de régler le moment venu. Thór n'allait pas se cacher pendant toute son existence.

Una habitait toujours sous les combles chez Salka.

Elle n'avait pas encore trouvé le bon moment pour lui révéler la vérité au sujet d'Edda. N'en avait pas eu le courage. Mais elle le ferait un jour. Salka avait le droit de savoir, quelles que soient les conséquences pour Hjördís.

Elle n'avait pas non plus divulgué le secret de Thór. Elle avait promis de se taire et ne trahirait pas cette promesse. Il lui arrivait d'avoir du mal à trouver le sommeil en pensant à ces innocents en prison, mais d'une certaine manière, le village la tenait à sa merci. On lui faisait confiance, ce qu'elle appréciait. Les autres habitants avaient fini par l'accepter. L'enseignement se passait bien avec son unique élève, et l'on parlait déjà de prolonger son contrat pour une année supplémentaire. Ce qui n'était pas pour lui déplaire.

Una repensait souvent à la fillette au destin funeste, la petite Thrá qui n'avait probablement jamais trouvé le repos. Mais à présent qu'elle connaissait toute l'histoire, le fantôme ne lui paraissait plus réel.

Malgré la comptine, qui l'obsédait toujours. La petite fille chantait une berceuse qu'elle ne connaissait pas du tout – elle ne s'était tout de même pas mise à composer de la poésie dans son sommeil. En fait, il ne pouvait y avoir qu'une explication : elle avait appris cette comptine enfant, puis l'avait oubliée. Una se le répétait sans cesse. Sa sérénité en dépendait.

Ces quelques vers étaient la clé.

Una appela sa mère, dont elle n'avait pas pris de nouvelles depuis longtemps.

– Ma chérie, comment vas-tu ? dit celle-ci en décrochant.

– Très bien, maman. Et vous ?

– Chez nous, tout va bien. Tu nous manques, c'est tout. Nous viendrons te rendre visite dès le printemps.

– N'hésitez pas. Quant à moi, je passerai à la capitale à la première occasion.

– Nous t'accueillerons avec plaisir.

– Maman…

– Oui, ma chérie ?

– J'ai une question à te poser. J'ai entendu une comptine, je peux te la réciter ?

– Bien sûr, répondit sa mère avec une pointe d'hésitation dans la voix, semblant se demander où sa fille voulait en venir.

À son grand dam, Una la connaissait désormais par cœur et aurait été incapable de l'oublier.

Douce nuit petite Thrá,
Que tes rêves soient beaux.
Par-delà la mer si bleue,
T'éclairent mille flambeaux.

– Oui, bien sûr, je m'en souviens, dit sa mère.

Una eut le souffle coupé. Jamais elle n'avait éprouvé un tel soulagement.

– C'est vrai, maman ? Et moi, je la connaissais étant petite ?

– Oh que oui ! Je te l'ai souvent chantée. C'est une de mes berceuses préférées.

– Elle est très belle.

– En effet. Je crois qu'elle est tirée d'un poème de David Stefánsson.

Le soir même, le téléphone sonna.

– C'est ta mère, l'interpella Salka après avoir décroché.

Surprise, Una rejoignit le hall d'entrée où se trouvait l'appareil. Elle ne s'attendait pas à lui reparler aussi vite.

– Bonsoir, ma chérie, tu dormais ?

– Non, non, maman. Je ne me couche pas avec les poules, même si j'habite ici !

Elle se sentait euphorique et légère depuis qu'elle avait eu la confirmation que ces esprits errants étaient bien imaginaires.

– Una, concernant cette comptine...

– Oui..., fit-elle tandis que son cœur s'emballait.

– Elle était bien de David Stefánsson. Je me rappelle que je passais mon temps à te lire des poèmes de cet auteur. Mais tu t'es trompée.

– Ah ?

– J'ai fouillé dans mes bouquins. Le poème que je te lisais était différent.

Sa mère entreprit de le réciter, et chaque mot voyageant à travers la mauvaise ligne téléphonique fit à Una l'effet d'un coup de couteau.

Douce nuit petite fille,
Recouvre de tes paupières
L'iris de tes yeux
D'un si charmant bleu…

Una l'interrompit :

– Maman, ça n'a rien à voir.

– C'est vrai, mais pour moi, ça y ressemblait. Tu sais, ce n'est plus très frais dans ma mémoire.

– Et l'autre berceuse, maman ? Elle ne te rappelle rien ?

– Non, je suis désolée. C'était à ce poème que je pensais. C'est important ?

Una répondit après une courte pause :

– Non, maman. Aucune importance. Merci d'avoir vérifié.

– De rien, ma chérie.

Una la salua et raccrocha.

Comme en transe, elle se dirigea vers la bibliothèque pour retrouver la photo de la petite Thrá. Sa présence lui semblait soudain plus palpable que jamais, et elle sentit la peur s'insinuer en elle. Il fallait qu'elle revoie ce cliché.

Elle mit rapidement la main sur le livre, le sortit de l'étagère. Elle n'avait pu que jeter un rapide coup d'œil à la photo lorsque Salka la lui avait montrée.

S'asseyant à la table de la salle à manger, elle l'ouvrit prudemment. La photographie n'avait pas bougé. La fillette la fixait et, un instant, Una eut l'impression qu'elle se trouvait derrière elle. Elle n'osa pas regarder par-dessus son épaule.

Elle remarqua alors le texte inscrit sur la page où le cliché était conservé. Un poème. Un poème familier.

Douce nuit petite Thrá,
Que tes rêves soient beaux.
Par-delà la mer si bleue
T'éclairent mille flambeaux.

Une comptine de Thorsteinn Th. Thorsteinsson.

Au-dessus du titre, quelqu'un avait tracé à l'encre, dans une belle écriture, quelques mots légèrement effacés :

Le poème préféré de Thrá, ma petite fille adorée.

Una était dans le couloir, au pied de l'escalier qui menait sous les combles. La nuit tombée, la luminosité était presque nulle.

Elle monta sur la première marche, tendant la main vers l'interrupteur. Il régnait un silence de mort dans la vieille maison. Ce soir-là, le vent se taisait, de même que les craquements habituels du bois.

Lorsque Una eut allumé, elles apparurent en haut de l'escalier. Les deux fillettes, côte à côte.

Toutes deux vêtues de blanc, l'expression impassible mais le regard intense.

Una fut traversée par ce frisson familier.

Figée, les contemplant avec attention, elle se rendit peu à peu compte qu'elle n'avait plus peur.

Elles ne parlaient pas, se contentaient de la regarder sous la lueur pâle de la faible ampoule, mais leur message silencieux était clair :

Bienvenue parmi nous, Una.

Remerciements

Cela a été une aventure incroyable de voir mes livres publiés en France ces dernières années. Grâce à cela, j'ai eu la grande chance de pouvoir me rendre dans ce beau pays de nombreuses fois. Je ne suis pas revenu depuis deux ans hélas, du fait de la situation, et la France me manque. Les couleurs éclatantes des printemps français me manquent, le parfum somptueux de l'automne, les petits déjeuners dans les bistrots, le café et le vin à minuit, la vue depuis ma fenêtre ouvrant sur les petites villes, les plus grandes villes ou la campagne. Mais, par-dessus tout, ce sont les lecteurs français qui me manquent – parce qu'ils sont d'incomparables amoureux des livres.

Merci d'avoir choisi ce livre
des **Éditions de La Martinière**.

Nous espérons que votre lecture vous a plu.

Vous pouvez nous retrouver sur Facebook et Instagram.
Et pour être informé(e) en avant-première des prochaines parutions de l'auteur, recevoir d'autres idées de livres à découvrir, des jeux-concours ou des extraits en avant-première, vous pouvez nous laisser votre adresse e-mail sur cette adresse web : bit.ly/martiniere

En espérant vous retrouver bientôt en compagnie d'autres personnages, pour partager leur vie et leur univers.

L'équipe des Éditions de La Martinière Littérature

RÉALISATION : NORD COMPO À VILLENEUVE-D'ASCQ
ACHEVÉ D'IMPRIMER SUR ROTO-PAGE
PAR L'IMPRIMERIE FLOCH À MAYENNE
DÉPÔT LÉGAL : JANVIER 2022. N° 145102 (99382)
IMPRIMÉ EN FRANCE